文学书馆
当代中国

潍河滩

韩宗宝 著

中国文联出版社

图书在版编目（CIP）数据

潍河滩 ／ 韩宗宝著 . -- 北京：中国文联出版社，
2019.1（2023.3 重印）

ISBN 978 - 7 - 5190 - 4091 - 8

Ⅰ.①潍… Ⅱ.①韩… Ⅲ.①散文集—中国—当代
Ⅳ.①I267

中国版本图书馆 CIP 数据核字（2018）第 287164 号

著　　者　韩宗宝
责任编辑　王　斐
责任校对　李海慧
装帧设计　中联华文

出版发行　中国文联出版社有限公司
地　　址　北京市朝阳区农展馆南里 10 号　　　邮编　100125
电　　话　010 - 85923025（发行部）　　　85923091（总编室）
经　　销　全国新华书店等
印　　刷　三河市华东印刷有限公司

开　　本　880 毫米×1230 毫米　　1/32
印　　张　7
字　　数　108 千字
版　　次　2023 年 3 月第 1 版第 2 次印刷
定　　价　65.00 元

目 录

目

这个下午

这个下午
我一个人回到潍河滩
父亲和村子还在
那些树也还在
一切都没有改变
一切都和从前一样

2005.10.22

载《花城》2006 年第 3 期

秋天的潍河滩

田野空阔
心事苍茫
一个面容模糊的人
把一些什么东西
埋在了靠近河边的土地

2005.10.22

载《花城》2006 年第 3 期

泪水是一些小小的炊烟

在潍河滩你所看到的泪水
是一些小小的炊烟
它们是蓝色的
是和天空的颜色一样的颜色
在整个天空的背景下
那些泪水一样的炊烟
再也不想引人注意
它们默默地散了
散得很慢　很好看
一个看到它的人
眼睛不知为什么模糊了

2005.10.24

载《花城》2006 年第 3 期

秋天深处

秋深了
比秋更深的是一个人的眼睛

我经过秋天和一块空地
像一阵风一样

抓起一把泥土
用力地攥出疼来

一些事情没有办完
可是不用再办了

潍河滩上的一棵树在长
它很直　像一棵树应该有的样子
它长得很慢
你几乎看不出它在长
但它比去年更加结实了

那个夏天爬上树去的孩子

不知为什么直到秋天才下来
和经过潍河滩的风一起
回到有些荒芜的地上

2005.10.24

载《花城》2006 年第 3 期

入　冬

入冬了
我开始吸烟
一截白白的烟灰
倾斜着
掉在地上
碎了

天冷了
在潍河滩
一个不为人知的角落
烟头忽明忽暗
映着一个人模糊的脸
就如刚刚走过的忽高忽低的土路

除了一个人和他的名字
潍河滩的土还能埋住什么

2005.10.24

载《花城》2006 年第 3 期

本 想

本想再做一些事情
本想去看看
潍河滩上那些白头了的芦苇
本想再说点什么
觉着不太合适了
就又咽了回去
很多话不该再说了
我裹紧了衣裳
迎着风站在潍河滩上
风很大　秋天很深
其实我想说的
大概就是这些吧
再也没有什么新的话
无非是一些曾经说了很多遍的话
你也听过很多遍的话

2005.10.24

载《花城》2006 年第 3 期

想扛着铁锨到自家的地里看看

想扛着铁锨到自家的地里看看
这是一个突然的想法
很久没有去地里了
可能有些荒了
我想去自家地里
把那些看起来不平的地方
用铁锨认真地平一平
很多人都知道
那是潍河滩这些年
闲置时间最长的一块地
不管种不种什么
地里长不长东西
总要在天彻底冷下来之前
把那块地弄得平一些

2005.10.24

载《花城》2006 年第 3 期

那个时候我想试着飞起来

当风在潍河滩刮来
我曾经想试着飞起来
像去年的一只八角的风筝那样
这样的天气
说不上好
也说不上不好
心情也是这样
有时我试图准确地说点什么
可是话一出口
就让风吹走了
在心里很热的一些话
一出口就凉了

2005.10.24

载《花城》2006 年第 3 期

我一个人站在潍河滩上

我一个人站在潍河滩上

庄稼都走了

面对着偌大的空旷

我努力地想笑一笑

可是没能笑得出来

我想那个时候我的表情肯定有些古怪

不然那个孩子经过我时

不会一脸惊恐

我一个人站在潍河滩上

一个人在潍河滩上

静静地待着竟然这么好

两个人在一起待着当然也会很好

不过我现在是一个人

站在我旁边的那个人已经离开

再也不会回来

就像那些离开土地

已经回到村子里的庄稼

2005.10.25

载《花城》2006 年第 3 期

我一个人呆呆地坐在井台上

我一个人呆呆地坐在井台上
潍河滩上　一口已经废弃了的井
没有水了
其实就是有水
那水也不能喝了
我想起了在井台上打水的日子
心里突然有些酸酸的感觉
眼睛模糊的时候
我恍惚又看到了
那个有着一双杏子眼的人
在整个潍河滩　没有人知道她去了哪里

2005.10.25

载《花城》2006 年第 3 期

那个站在潍河边上发呆的人

那个站在潍河边上发呆的人
看上去有些让人担心
他始终背对着我
这样我就只能看到
他的背影和他的侧面
我不知道他在想什么

那个站在潍河边上发呆的人
他的头发不长　但有些凌乱
因为他是一个人站在那里
他旁边的空地看上去就格外空旷
他是谁呢
他在潍河边上已经整整站了一天

在潍河滩的秋天
很少有人到潍河边上去
潍河滩的秋天　天很蓝　河水很凉
那个站在潍河边上发呆的人
我没有惊动他

他也没有惊动他身后的村庄

2005.11.2

载《花城》2006 年第 3 期

潍河滩上的三棵树

潍河滩上最常见的树有三棵
一棵是槐树
一棵是白杨
一棵是梧桐

其中槐树长得最慢
白杨长得不快不慢
长得最快的是梧桐

那个时候我最喜欢梧桐
奶奶说凤凰会落在梧桐上
梧桐长得很快
一年就可以长得很粗
梧桐让伤感的我更加伤感

其次我再喜欢的是白杨
潍河滩的白杨都是成片成片的
而且它们长得很直
也很整齐

没有人能知道
在白杨树林里究竟发生了多少故事

那个时候
我最不喜欢槐树
它长得极慢
而且还有刺
潍河滩上长大的孩子
哪一个没有被槐树的刺扎过呢

现在我写这首诗的时候
我已经三十三岁
我开始喜欢上了槐树
当年我最不喜欢的槐树
成了我最喜欢的
我喜欢它因为它长得慢
也因为它的内心硬而结实

2005.11.11

载《花城》2006 年第 3 期

草 垛

我说的是潍河滩上的草垛

它们都是些麦秸垛

那个中午

阳光很静

喝了一些酒之后

我一个人去了村子前面

那里有一大片草垛

全村的草垛都在那里

一些年深月久的草垛

经过风

经过雨水

经过大雪之后

已经变了颜色

原本金黄的麦秸

又灰又黑

看上去很像一个人的脸膛

2005.11.13

载《花城》2006 年第 3 期

沿着向南的那条路
你就可以走到潍河滩去

沿着向南的那条路你就可以走到潍河滩去

潍河滩上有村庄

有青草

有庄稼

有树

有割草的孩子

有种庄稼的农妇

有像树一样正直的人

还有一条默默地灌溉着它们和他们的河

和我们国家的很多的地方一样

潍河滩是一块不怎么引人注目的土地

可是你只要去过那里一次

你这一生就再也不会忘记它

2005.11.14

载《花城》2006 年第 3 期

村庄附近的麦田

村庄附近的麦田

那些亲爱的麦子正在成熟

每到这个时节

我总爱到那里去转一转

什么也不做

就只是去看看自己家和别人家的麦田

比较一下它们的长势

然后在风里闻一闻

麦穗和泥土所发散出的味道

在村庄附近的麦田

只要我愿意

我就能听到潍河滩所有昆虫们的鸣叫

当然这个时候

一些麻雀也会飞过麦田的上空

它们已经对昆虫不感兴趣了

和我一样

它们也在盼望着麦子的成熟

2005.11.14

载《花城》2006 年第 3 期

土 豆

和三叔一起种土豆的日子
已经很远了
收获的土豆也已经吃完了
或者烂完了
可是那些记忆还在
总是时不时地发芽
让我觉得苦
三叔已经死了
三叔是吃了发芽的土豆死的
我像熟悉父亲一样熟悉他
每次在街上见到他时
我总是非常尊敬地叫他
可是他死于土豆
死于亲爱的土豆
死于他亲手种出来的土豆
那一年潍河滩上长了那么多的土豆
在土豆大丰收的那一年
我的三叔
勤俭的三叔

他不舍得把发芽的土豆扔掉
他吃了那些土豆
然后他把自己扔掉了

2005.11.14

载《花城》2006 年第 3 期

三个在潍河滩上拾麦穗的女人

三个在潍河滩上拾麦穗的女人
我看到她们的时候
她们正弯着腰
在收割过的麦田里
捡拾收割时丢落下的麦穗
那是她们自己家的麦田
她们身后是潍河滩一望无际的
收割过或者没有收割过的麦田

天就要晌午了　没有一丝风
头顶上的太阳很毒辣
三个在潍河滩上拾麦穗的女人
她们穿着褪了色的蓝粗布衣服
沿着一个畦子
在割得整齐的麦茬上面
慢慢地向前移动
她们是背对着我的　有些逆光

三个在潍河滩上拾麦穗的女人

阳光在她们有些疲惫的身子上
镶了一圈很耀眼的光边
和她们旁边高大的麦垛相比
她们显得过于矮小
可正是她们　用镰刀
把站着的麦子们割倒再捆成捆
然后在地里垛成一个一个的麦垛

下午的时候男人们会套上马车
把她们上午捡的这些
以及那些垛成垛的麦子们运回村庄
三个在潍河滩上拾麦穗的女人
她们的脸上已经满是尘土
但眼睛却十分明亮
我知道　在她们的身后
很快会有深深的车辙经过

2005.11.15

载《花城》2006年第3期

潍河滩的冬天

潍河滩的冬天还没有来
可是我已经听到
冰雪融化的声音
我没法告诉你
我真的没法告诉你
整个的潍河滩解冻的那个时刻
是多么的美丽
空旷的地里那些冻了一冬的
又硬又大的
冰凉冰凉的坷垃
慢慢地酥了
你会看到
团团的热气从土地的下面冒出来
绿是怎么也压不住的
潍河滩的草们早已耐不住性子
它们在努力地向上探头
那是一些芽
颜色乳黄　细细小小
轻轻地咬破了壳

或者别的什么

2005.11.15

载《花城》2006 年第 3 期

潍河滩上的白菜

潍河滩上的白菜
叶子是青绿的
我们叫它白菜
是因为它的内心是白的
像一场无声地落下来的雪
又白又简单

潍河滩上的白菜
它的内心一层一层
紧紧地包裹着
白菜的心事
就是那一片一片善良的
近乎透明的嫩叶子

入冬了
为了让它们卷得更结实一些
潍河滩上的白菜
被父亲用红薯的秧蔓
一棵一棵地

捆了起来

在一场雪落下来之前

潍河滩上的白菜

它们永远不会

自己给自己戴上传说中

容易化掉的白色绒帽

潍河滩上的白菜

和土地挨得很近

和村庄挨得很近

和冬天挨得很近

和穷人挨得很近

潍河滩上的白菜

不是一棵

它们是遍地的一片

它们是我多汁的姐姐

也是我青翠的妹妹

2005.11.29

载《花城》2006 年第 3 期

无　须

在潍河滩无须借助什么
你就能听到你自己的呼吸
细小　微弱　若有若无
就像某个早晨　庄稼叶子上的露珠
那正发光的是谁的眼睛呢

在潍河滩你无须寻找
随便地四处走动走动
你的心就可以感受到一些力量
你的身体会像那些种子一样
静静地发胀

在潍河滩你无须感恩
你只需要把血液变成实在的墨水
让你明亮的诗句
像鸟落在雪地上一样
轻轻地落在一张厚度适中的纸上

2005.12.1

载《花城》2006 年第 3 期

在潍河滩上发生的一场风暴

庄稼成片倒下
成片倒下的庄稼
还能不能再次站起来
像风暴没来时一样挺直身子
那个年迈的眼里噙着热泪
手不住地抖着还要去扶庄稼的人
是谁呢
被他慢慢扶起来的
一棵一棵的本已冰凉的死心的庄稼
都禁不住　哭了
它们说仅仅是为这一双
布满青筋的苍老的手
即便明天的风暴再大
它们也不会懦弱地倒下了

2005.12.2

载《花城》2006 年第 3 期

那个醒着的人在歌唱

是什么在不断堆积

哦　那些不断聚集的

越来越黑的血

怎样才能释放出来

那个人脸色铁青　他提着刀

从空旷的潍河滩撤进村子

然后又撤回到那一大片空旷中

他微弱　稀疏的心事

像一簇暴露在大风中的小小的火苗

晃动　摇摆　起伏

仿佛随时都会彻底熄灭

一个人内心的秘密

写在脸上　那么僵硬

今夜　在潍河滩上

那个醒着的人在歌唱

我知道他会从天黑一直唱到天亮

2005.12.2

载《花城》2006 年第 3 期

现在我已经回到你们中间

现在我已经回到你们中间
可是你们却找不到我
也看不到我
我在一所乡村小学的后面
神情和早年的教室一样破旧　黯淡
有着一张永远错误的脸
你所看到的　韩宗宝
这三个陌生的汉字
全部是错字和别字
是的　三个字错了一对半
那肯定是我不认识的另一个人

现在我已经回到你们中间
可是我不是那个叫韩宗宝的人
你们找不到我　也认不出我
因为你们都认错了人
潍河滩上从来没有一个叫韩宗宝的人
世界上也从来没有潍河滩这个地方
像你推翻你一样

我一下子就推翻了自己

2005.12.2

载《花城》2006 年第 3 期

还是待在一个没有人知道的地方好

还是待在一个没有人知道的地方好

在这个大概叫潍河滩的地方生老病死

和外面的世界不发生任何瓜葛

在这里你不会厌倦　也没有颓废

没有幸福　也无所谓悲伤

冬天会落雪　春天会有花开

在这里爱情是一些遥远的民间传说

你不需要诅咒什么　也不需要原谅什么

在这里　你所做的一切都是好事

也全部都是坏事　没有善也没有恶

在这里你是你自己的警察

你也是你自己的小偷

2005.12.2

载《花城》2006 年第 3 期

生病的人

那些日子

我在潍河边上

静静地观察流水

并把自己想象成一块石头

那些白杨树像我一样也病了

草丛里不知藏着什么

我只是多喝了一点酒而已

然后摇晃着走路

然后哭着说我要　离开

永远离开这里

这里的寂静　太大了

如我的病症一样

无始无终　无边无际

2005.12.2

载《花城》2006 年第 3 期

彻　底

从来没有这样彻底过

什么都没有

什么也不想有

从潍河滩上吹来的风

让你怀疑是不是

已经到了早晨

一个似是而非的梦

会把你抬到过去的某个早晨

可是你不会再在那样的早晨醒来了

光芒　应该是从土地上散出来的

土地像一个裸着身子的女人

她那么开放　她是敞开的

站在潍河滩上　看着平静的土地

你也平静了下来

你也想像土地一样

张开身子　把自己彻底地打开

算是给天空一个彻底的交代

2005.12.2

载《花城》2006 年第 3 期

下　午

这个下午
那个面容清瘦的人
像落日一样
回到了潍河滩
没有人知道
他空空的心里装着什么

2005.12.14

载《花城》2006 年第 3 期

对 岸

站在这里
可以看到对岸
和这边一样
那里也有一些明亮的庄稼
阳光不止照着这里
也照着对岸
这边的一个人
和对岸的那个人
对看了一下
没有说话

2005.12.14

载《花城》2006 年第 3 期

减　法

减法类似于
在潍河滩锄地
不断地减　减
减去多和余
如锄掉庄稼旁边的那些杂草
最后只剩下
一棵棵静静的庄稼

2005.12.14

载《花城》2006 年第 3 期

穿　越

我知道
我必须穿越一片荒凉的空地
才能到达那个没有人的地方
在荒芜的土地上
写下内心的诗篇
沿途的事物
那么拥挤
如夏天的潍河滩
遍地长满了的庄稼

2005.12.14

载《花城》2006 年第 3 期

潍　河

在潍河滩
一场大雪能盖住很多事物
可是再大的雪
也不会盖住这条河
那些流动的水
很像一个人血管里的血

2005.12.14

载《花城》2006 年第 3 期

忍 受

这样的日子
不知道还要忍受多久
一个人的苍茫
在潍河滩上是多么微弱
如一棵不起眼的草
我在潍河滩已经待了很久
那苍茫在我身体里
也待了很久了
我知道这些我都得忍受
就像潍河在静静忍受
一块石头的颠簸

2005.12.14

载《花城》2006 年第 3 期

认　识

一只我认识的羊

在潍河滩上啃掉了

我不认识的草

草认识潍河滩

羊认识草

我认识羊

潍河滩认识我

一只羊　我认识并熟悉它

就像它认识并熟悉草

那一个普通的下午

我看到　一棵草被羊认出

然后被啃掉

剩下一个浅浅的草茬

留在潍河滩上

2005.12.14

载《花城》2006 年第 3 期

浅

那天下的雪很小

很不起眼

看上去简简单单

又白又浅

像很多年前的那场初恋

什么心事也掩饰不住

那是今年潍河滩下的第一场雪

一个人的爱　薄薄的

有些羞涩

记忆里的那个女孩

那么浅

眼里含着说不清楚的泪花

她说再也不会理你

可是她负气捶打你后背的

小拳头　又轻又浅

仿佛潍河滩上淡蓝的烟

2005.12.21

载《花城》2006 年第 3 期

落　日

日头正在落
我有些担心
我知道
日头一落下去
天就黑了
可是　这田里的活
我还没有干完

小的时候
和父亲在田里干活
总觉得日头
落得太慢
因为日头落得快一点
我们就能早点回家

多年后的今天
我从城里赶回乡下
帮父亲来田里干活
我想多干一些

我多干一些
父亲就可以少干一些
可是日头正在下落
我阻止不了它

落日　你能不能落得慢一些
让我把剩下的活
全部干完
因为明天我就不得不赶回城里上班了
落日啊　请你落得慢一些
再慢一些
我的父亲已经年迈

那一年和父亲在田里干活的时候
我十二岁
今年我已经三十二岁
过去了整整二十年
日头还是那日头
父亲也还是父亲
我还是我

但是我知道
在落日的面前
有些什么　已经改变了

2004.7.16

载《花城》2006 年第 3 期

安　静

从今天起做一个安静的人
做一条安静的船
在潍河滩　一个无人的渡口
简单地横下来

闭上眼睛　外面的世界就与我无关了
我要做潍河滩最安静的一个孩子
在静静流淌的潍河边上
看风怎样晃动　那些白了头的芦苇

因为安静　因为水和风的声音那么微弱
我感觉潍河滩上所有的事物
和我脚下的土地一样
它们仿佛和我的心是通着的

2006.1.24

载《花城》2006 年第 3 期

公　路

不是法国的那条　弗兰德公路
克洛德·西蒙先生把它写得太复杂了
这是一条普通的中国乡村公路
它正在一个下午经过我和潍河滩

它已经经过了那么多潍河滩上的村庄
它把很多本来有些孤立的村庄连接了起来
它去过的那些村子　我有的去过
有的没有去过

它不是一条重要的公路
但它同样被人们踩过来踩过去
各种各样的车辆也都重重地从上面经过
都说这条公路上曾经发生过很多事情

现在我正在写着的这一小段公路
是一个上坡　接下来就应该是一个下坡了
经过潍河滩后　它会在一座山丘附近拐个弯
然后在一个无人的路口　自己把自己岔开

我是在公路旁边低着头看蚂蚁的那个人
现在我的头已经抬了起来
我知道沿着公路一直走我就可以离开自己
可是不知为什么我竟然哭了

我的泪水打湿了一本 1987 年版的法国小说
我突然那么伤心　双目失明的时候
我也没有这么伤心过　我不知道我怎么了
然后我听到了一辆车和另一辆车相撞的声音

2006.2.10

载《花城》2006 年第 3 期

草

潍河滩上的那些草
太深了　以至于
我怎么也无法忘记一些事情

我注意一棵草已经很久了
我注意它怎么发芽
怎么生长　怎么快乐

当然我也注意它怎么枯萎
怎么在一场火中变成静默的灰
浅浅地留在空旷的潍河滩上

2006.2.15

载《花城》2006 年第 3 期

接　近

在潍河滩
那个站在空旷的土地上的人
他的面容有些模糊
他似乎正在接近什么

风吹着土地
也吹着他空荡荡的身子
在潍河滩　除了风
没有人知道　他究竟接近了什么

2006.2.16

载《花城》2006 年第 3 期

香椿树

春天的香椿树
潍河滩上春天的香椿树
一共有四棵
它们是我家的
两棵大　两棵小
在我家小小的天井旁
在西院墙的墙角那里
它们相互之间
挨得那么近
它们已经抽出了新芽
可是那双　曾经在去年
为我们掰香椿芽的手
更加粗糙了

2006.2.22

载《花城》2006 年第 3 期

芦 苇

这是些秋天的芦苇

我在一个上午

路过它们

这些潍河滩上的芦苇

它们的头已经白了

它们似乎在晃动

在静静的潍河边上

这些秋天的芦苇

在风中　显得有些寂寞

这些茂密的芦苇

挡住了　一个女人的疲倦

和她脸上的忧伤

2006.2.23

载《花城》2006 年第 3 期

暮 色

我说的是潍河滩上的暮色
是村子里正在升起来的淡蓝的炊烟
是开始静了下来的玉米地
是路两边虫子们时高时低的鸣叫
是在我们头顶不断翻飞的蝙蝠
是扛着明亮的铁锹回家的父亲
是跟在父亲屁股后头的我
是我手中用一根狗尾巴草穿着的蚂蚱
最后暮色中这一切都变得越来越沉
事物们渐渐暗了下去　变得模糊不清
就像一个十分久远的梦
而我的眼睛已经实在睁不开了
它们在打架　然后我就在父亲背上睡着了

2006.2.27

载《花城》2006 年第 3 期

说书的瞎子

潍河滩上的说书艺人

他说的是大鼓书

他是一个瞎子　他在晚上说

白天　社员们要进行

社会主义建设　没有工夫听

他只能在晚上说　他说的时候

天已经黑透了　就点上灯

是村里的汽油灯　汽油灯很亮

在平时用来开社员大会的大队屋前面

他的表情生动丰富　并且忽明忽暗

我们都在暗处　只有他一个人在明处

潍河滩上的大人和孩子们

都在黑暗中紧紧地盯着他的嘴唇

那里正在盛开莲花一样的阳光

他说书仅仅是为了一顿饭

是为了换取一些硬硬的干粮

他用换来的干粮养活自己

而他的大鼓书　则养活了我的童年

2006.2.28

载《花城》2006 年第 3 期

蒲公英

它的根　那么苦
像一个人
一直
不肯示人的
身世

2006.3.2

载《花城》2006 年第 3 期

黎　明

鸡蛋清一样
微青的
半透明的
薄薄的一层霜
黎明来的时候
潍河滩上
那一朵黑色的花
慢慢地熄灭了

2006.3.2

载《花城》2006 年第 3 期

正　午

野地里
那个人　默默地
赶着一群羊
越过了
一个寂静的山冈

路过落在地上的
一朵云彩的阴影时
他似乎被什么
绊了一下

2006.3.2

载《花城》2006 年第 3 期

允 许

要允许庄稼地里长草
要允许天下雨
要允许心爱的姑娘嫁人
要允许自己
面对荒凉的生活
失声痛哭

2006.3.2

载《花城》2006 年第 3 期

细　草

这是长在河滩上的细草
是长在一条河边上的细草
它们没有名字
细草就是它们共同的名字

它们是我的夏天
它们在夏天
在傍晚半透明的光线中　在弥漫着
草香味的微风中　低低地起伏

即便是在完全的黑暗中
它们也不张狂　也不直起身子
它们是细的
它们又细又软

它们不发出声响
它们低眉顺眼　屏息含羞
它们在我记忆中的那片河滩上
在一条伤心之河的岸上　微微地摇曳

随着它们小小的摇曳　我感觉到
整个空旷的河滩
整条苍茫的大河
仿佛也跟着剧烈地晃动了起来

2007.12.31

载《诗刊》2009 年第 12 期上半月第 25 届青春诗会专号

影　响

那些日子　我一个人在潍河滩

静静地站着

潍河滩旷野里所有的事物全是我的

有时我的头顶上会飞过些麻雀

有时会飘过些云

但它们不能影响我

潍河滩上所有的事物都没有影响我

我的思绪和河滩上那些野生的草一样

疯狂　恣意　漫无边际

影响我的　是河滩上的风

不断地吹着我　让我变得更加空旷

这空旷　是一个人的空旷

2007.5.15

载《诗刊》2009年第12期上半月第25届青春诗会专号

我看到了那只斑鸠

我看到了那只斑鸠

它挣扎着自稀疏的草丛飞起

不知道要飞到什么地方去

我悄悄地跟着它　一只受伤的斑鸠

我不清楚它的具体伤势

我远远地看着它　我弯着腰

小心翼翼地躲避着它警惕的目光

我怕它注意到我

一只自尊的、不屑于与众鸟为伍的斑鸠

它谢绝所有探询的眼神

谢绝别人或深或浅的好意

它不想被打扰

我看到了那只斑鸠　我跟踪过它

却没能为它清理和包扎伤口

2008.11.22

载《诗刊》2009 年第 12 期上半月第 25 届青春诗会专号

河边的芦苇

夏天渐渐深了　消息越来越暗
河边的那些我曾经反复提到的芦苇　颜色正青
它们不是一棵　是茫茫的一片
很多年了　它们一直默默地守在这里
守着这条河和它底下的泥泞　不离不弃

风从头顶上吹过　它们会晃动　风不吹它们也动
因为　河里有水　水没过了它们的小腿
它们腰肢曼妙　神态自然　像一群
表情内敛的女子　目光　高过平静的河水
也高过村庄农历的五月

从这些芦苇身上　我们可以看到沧桑的
大地之神　它们的心已经空了很久
对河滩上其他的事物　它们没有憎恨
它们在风中　一再压低自己的身子和嗓音
它们清瘦婉约的影子在水面上　杂乱地摇晃着
弥漫着凄凉之美

在头发彻底白掉之前　它们依然会不断地陷入
苍茫的暮色　并沉到那不声不响的黑暗之中
它们站在水里　可是流经它们的水
显然并不能带走它们　它们紧抿着嘴唇
从不向人提及　那些有露水的清晨

也从不提及　那些心事如芽的春天
它们只是安静地站着　慢慢地　把根和忧伤
伸展到更黑暗的泥里去　在明亮的阳光下
我看到的芦苇　它们就像一张张的白纸
就像从来没有经历过什么

2007.7.13

载《诗刊》2009年第12期上半月第25届青春诗会专号

平原落日

那个日头　正在落下去
没有力气的微黄的光　散漫地
照着疲倦的庄稼地
照着那些还没有收的庄稼
照着电线上停着的
两只小小的麻雀
照着左边那只麻雀眼里的那一点黑
那一点黑　在下沉的夕光里
慢慢地扩大　就像一滴
落在纸上的墨水一样

2007.9.22

载《诗刊》2009 年第 12 期上半月第 25 届青春诗会专号

什么样的草才叫荒草

什么样的草才叫荒草
生长在什么地方的草才叫荒草
荒到什么程度的草才叫荒草

长着荒草的土地　仍然叫做土地
没有生长荒草的土地生长村子
一块土地要盖很多房子才会成为村子

我看到那么多亲爱的荒草正在消失
一个已经长大的村子
它的成长究竟杀死了多少寂寞的荒草

2006.10.31

载《诗刊》2009 年第 12 期上半月第 25 届青春诗会专号

在乡间

在乡间
你只能按乡间的方式
生活　没有自来水
你要学会用压井压水
你要尽快地习惯泥土
泥土应该是水
最好的朋友

在乡间
不管最终是输还是赢
你都要按规则出牌
什么季节种什么庄稼
所有的庄稼都需要浇水
都离不开抽水机
抽水机紧靠着一条河

在乡间　你会看到一些
光着屁股的孩子
他们在那条夏天的

装有很多台抽水机的河里
快乐地游泳　整个夏天
除了会淹死他们的水
孩子们再也没有别的玩具

2006.4.8

载《诗刊》2009 年第 12 期上半月第 25 届青春诗会专号

红　马

那匹红马是生产队的
饲养员的儿子
经常打它　用他父亲的鞭子
我偷偷地去看它　它不说话
只是悲哀地看着我
我知道它也用同样的眼神
看饲养员的儿子
红马是孤独的
和那些无边无际的早晨一样

生产队解散的那一天
红马消失了
饲养员　饲养员的儿子　我
当然还有全村的人
都没有找到它
它没有给我们留下任何线索
那以后　我看到饲养员的儿子
每天都拿着
已经没有用了的鞭子

红马　消失后
全村人整整找了七天
最终也没有找到
很多年后
红马突然被我记起来
我知道　它一直没有走远
我能感觉到
它就藏在我身体的附近
只是我看不到它

2008.2.25

载《诗刊》2009 年第 12 期上半月第 25 届青春诗会专号

收玉米

秋天里我挎着一个空筐和姐姐
去玉米地里　收玉米
玉米比我们高　它们淹没了我和姐姐

玉米叶子在我和姐姐裸着的胳膊上
划出的血道道
让汗水渍得生疼

那个筐　装上玉米之后　变得很沉
我挎不动　姐姐就让我收玉米
她一筐一筐向地外面挎

姐姐艰难地把胳膊伸过筐把
吃力地起身　姐姐像弓一样歪着身子
哗啦哗啦地分开玉米叶子　走向地的外面

姐姐的白胳膊上印着的筐把上
荆木条子的压痕　很深　直到玉米收完了
直到她出嫁的那一天　也没有消失

2007.8.13

载《诗刊》2009 年第 12 期上半月第 25 届青春诗会专号

轻轻地

我轻轻地叫
豆子　豆子

那些秋天打下来的金黄的豆子
已经被父亲做成了洁白的豆腐

我轻轻地叫
麦子　麦子

那些五月里成熟的金黄的麦子
已经被母亲蒸成了雪白的馒头

我轻轻地叫
小暖　小暖

迎亲的大花轿已经从我家出发
它将经过河边那片空旷的树林

我轻轻地叫

闺女　闺女
在田野里给你捉的那些绿蚂蚱
正用狗尾巴草穿着它们跑不了

2008.2.22

载《诗刊》2009 年第 12 期上半月第 25 届青春诗会专号

杏花记

只有杏花

还记得

那个春天

还记得那个明亮的春天

某个女孩静静地仰起脸来时

不觉流露出的那种

无法言说的美

那个叫杏花的女孩子

开过以后

就被人们慢慢地遗忘了

2009.4.9

载《诗刊》2009 年第 12 期上半月第 25 届青春诗会专号

游泳记

一个孤独的人
在春天的最后一个下午去河里游泳
他把衣物和往事放在岸上
然后把头和脸深深地
埋在水里
让整条河替他哭泣

2009.4.30

载《诗刊》2009 年第 12 期上半月第 25 届青春诗会专号

樱桃记

一想到小暖

我的脸就总是会无由地变红

发烧　摸上去很烫人

小暖最爱吃樱桃了

她的嘴也像樱桃一样甜

小暖在河边洗衣时

经常哼一支樱桃一样的小曲

那时我总想鼓起勇气向她说点什么

可是一旦有机会　能够站在她的跟前了

我竟然期期艾艾　支支吾吾

怎么也说不出一句完整囫囵的话来

看到我的脸憋得通红

小暖就会用手掩着樱桃般的嘴

吃吃地笑

然后一甩辫子迅速地跑开

把我一个人傻傻地留在原地

她已经跑得很远了

可她樱桃一样要命的笑声

仍然　清澈　响亮　不屈不挠地

在我整个的少年时代反复回荡
让我出神　摇晃
并且无由地发着呆

2009.4.7

载《诗刊》2009 年第 12 期上半月第 25 届青春诗会专号

后　来

后来我睡了
我睡在一个静静的山冈
山冈上没有庄稼
只有天空和巨大的空旷
夜里的露水打湿了青草
没有打湿我
但是我用我的安静
打湿了天上的那些星星

2006.1.23

载《诗刊》2007 年第 2 期上半月头题

开阔地

潍河滩上
这一片还没长出庄稼的土地
多么开阔　大风刮过　众草低头
一个人的悲伤　多么开阔
更开阔的地方
世界在一个人的眼中　踉跄着
它并没有　因为风吹而塌掉
一个男人也踉跄着　他是小的
他苍凉的身子仿佛在摇晃　他的前面
那个离他越来越远的女人
始终没有回头

2006.3.29

载《诗刊》2007年第2期上半月头题

边 界

亲爱的　我说不出潍河滩的边界

就像我说不出山东的边界

说不出祖国的边界

说不出世界的边界

亲爱的

我无法说出一个人思想的边界

也无法说出生活的边界

也无法说出记忆和往事的边界

亲爱的　爱是没有边界的

我脸上的泪水也没有边界

我分不清这些小小的泪水

哪些代表幸福　哪些代表痛苦

2006.5.27

载《诗刊》2007 年第 2 期上半月头题

燕　子

潍河滩上的燕子　那些微亮的黑是它们的背
光滑的白则是它们的腹　剪刀状的尾巴
经常被居住在土地上的诗人　比喻为闪电
可燕子并不理会这个比喻　就像不理会暴雨
它们只是服从于自己的内心
单纯而快乐地低飞　在村庄和田野广阔的上空
自由地滑翔　偶尔也会停下来
站在一根又黑又细的电线上　以一种出奇的平静
打量这个陌生的春天和人世
它们口中衔着的泥巴　要等回到房檐下的巢里
才会很小心地吐出来

2006.3.23

载《诗刊》2008 年第 2 期上半月

忧 伤

天空高远　土地空阔
一个站在天空和土地之间的人
看上去仿佛是忧伤的
他的忧伤
像一朵枣花那么细小
又像一条大河那么苍茫
似乎可以高过天空
也可以低于土地

2006.10.23

载《诗刊》2008 年第 2 期上半月

挖土豆

那个下午
和父亲一起在地里
挖土豆
我和父亲的话都很少
每当挖到大的土豆时
我会抬起头来看看父亲
一个大人的目光和一个孩子的目光
就会在空气里碰一下
那是会心的喜悦
父亲挖的每一个土豆
都完整无损　囫囵囵
我却总是时不时地会挖破一些
我挖破一只土豆时
我觉得自己的心也有一阵生生的疼
父亲不责怪我
只是他的手会不很明显地抖一下
然后用一种鼓励的目光
温暖地看我
再挖的时候

我会更加地仔细和小心
为了让父亲的手不再抖
而且我知道　那些被挖破的土豆
像我们一样也会疼
只是它们从来不喊出来

2005.11.17

载《诗刊》2008 年第 2 期上半月

乡村电影

太阳还很高

街上就早早地竖立了杆子

其实在上午

在前一天

消息就已经传开了

那一块白色的银幕镶着黑边

那 4 个洞　用来穿绳子

我们围着电影机子看

开始试片了　比手电筒还亮的光束

它途经我们伸出的张牙舞爪的手

有各种形状的影子

投到一片白亮的银幕上

表现欲　在乡村的夜晚那么清晰

空气中浮着的尘土颗粒

露天　但天还不够黑

电影还不能开演

一些手也还不能在暗中

紧紧地握在一起

2007.4.14

载《星星》诗刊 2007 年第 9 期

河水在夜里经过水电站

河水在夜里经过水电站

无声无息

如一条游过土地的蛇　冰凉　潮湿

轻轻分开　土地和积年的杂草

被月光看见的河水

最后在早晨消失　远处

一个我看不见的地方

河边的芦苇一夜之间　头全白了

故乡的夜晚　蒙昧无知的我

目睹了波澜不惊的生活

2007.5.17

载《星星》诗刊 2007 年第 9 期

青　草

潍河滩上的这些隐忍的青草

无论你用多钝的镰

收割

它们都不吭一声

即使它们的血染绿了镰刀

它们也始终不喊一声疼

潍河滩的青草

它们站着时

是牛羊们的绿色粮食

躺下后

它们的心里就会装满

很轻　很轻的

淡蓝色的炊烟

2004.7.15

载《诗刊》2011 年第 2 期下半月刊

已经过去的夏天

夏天已经过去了

但抽水机　还在河边

不停地大口喝水　吐水

它把喝下的水重新吐出来

吐到需要水的地里

夏天来得很快　走得也很快

潍河边的那台抽水机

整整一个夏天都在抽水

已经过去的夏天　我们依然叫它夏天

就像已经过去的爱情　还是爱情

已经过去的夏天　除了一台抽水机

再也没有什么别的事物

留给我那么强烈那么难忘的印象

我独自经过了一个夏天

一些寂寞的水则经过了一台抽水机

2006.8.12

载《诗刊》2014 年第 11 期下半月刊

泥瓦匠的孩子

他们有时爬到自家屋顶上
以便能看到在更远的村子里
为另一个时代砌墙盖屋的父亲

他们会学着父亲的样子
慢慢地卷一袋纸烟　深吸一口
把烟吐在空气中或者对方的脸上

他们避开母亲和姐姐　像小公鸡一样
红涨着脸打架　脖子上青筋暴突
为一只透明玻璃球最终的归属

他们鼻青脸肿地谈论班里的某个女生
就像没事一样　他们心里都喜欢她
可每个人脸上均露出不屑的神情

她跟随做生意的父母离乡进城以后
他们都反常地变得很安静了
互相之间谁也不说话　只是发呆

那时候他们做泥瓦匠的父亲
还没有从简朴的屋顶上突然摔下来
腿还没有瘸　还不是终日酗酒

泥瓦匠的孩子　这些破碎的瓦片
开始习惯在风雨中奔跑　置危险于脑后
他们重复着父亲以前的动作和命运

他们稀泥一样胡乱堆放在生活中
任一张巨大的抹板把自己抹来抹去
随意填补在坑洼不平的墙面上

他们的饥饿和疼痛是生了锈的钉子
他们瘦弱屈辱　营养不良的身子
在昨夜的大风中硬朗结实起来

他们应该是父亲早年最精美的作品
可是在这广阔而虚无的乡村
他们活得如此粗糙　潦草　浑然不觉

2013.9.16

载《诗刊》2014 年第 11 期下半月刊

来潍河滩吧

来潍河滩吧　我带着你去看芦苇
看那些荒芜已久的土地
看不动声色的河水
看田野里　那些已经死去的庄稼
看河滩上那些卑微的青草
看那些沉寂的屋顶

屋顶上的　那片蓝色的
我们一起看过的天空
已经不再摇晃了
我的心　还依然是完好的
就像你听别人说起过的
那些悲伤的黎明

2008.2.20

载《中国作家》2016 年第 11 期

记忆中的麻雀

记忆中的麻雀

有时候它们羽翼未丰　嘴巴镶着黄边

有时候少年老成　全身都是灰的

更多的时候　它们无所事事

和我一样胸无大志

沉溺和满足于麦场上的颗粒之争

对迎面而来的生活　丝毫不加理会

记忆中的麻雀　它们懒得和燕子成群

当然也不屑与鸡为伍

除了一日三餐之外

我不知道它们还平衡着什么

2007.2.26

载《天涯》2007 年第 4 期

运草车

在秋天的河滩上
我看到一辆孤独的运草车
正沿着潍河边上的土路
在暮色里缓缓前行

九月多么慢　多么疼痛
吱扭着的车轮碾着的土地
多么疼痛　可它经过的地方
并没有留下辙印和痕迹

车上那些金黄而隐忍的干草
那些即将被父亲垛起来
用来取暖和焚烧的草
在颠簸和晃动中掉落了几根

像一个人的眼泪一样
它们并不想从车上掉下来
也可能它们压根就不想离开
这一片它们生长过的土地

坐在牛车上的那个人
曾经有过牛脾气　他的心
那么安静　他的灵魂已经和神
交谈过　比车上的那些干草还轻

2013.4.18

载《山东文学》2014年第5期下半月刊，《诗选刊》2014
年第9期

黑　鸟

它的眼睛也是黑的
它的神情　它的孤单　它的悲伤
它的爱　全部都是黑色的

它并不比漆黑的夜晚更黑一些
但它的黑和夜晚的黑明显有所不同
它经常在夜晚长久地静止不动

在黎明前　它突然睁开眼睛
我看到两团黑色的火焰
急促地燃烧　仿佛遥远的喘息

一只黑鸟　从天空飞过　它正午的影子
为这个燠热难当的　夏日白昼
展开一个清凉而寂静的夜晚

我离开原野　离开树荫　离开神父
离开祖国　离开故乡空旷的河滩
追随并仰首注视着它

它黑色的双足　如此有力
紧紧地攫住一颗明亮而脆弱的心
我始终无法　为它静静祈祷

我只能看它深入更高的天空　昂然飞翔
它黑色的如箭簇般的羽毛和翅膀
在阳光下纯粹而凛冽　击打着空气

我毕生的梦想是成为一只黑鸟
但我并不知道　它努力接近的是什么
而且我也从未听到过　它令人揪心的鸣叫

2012.7.20

载《山东文学》2014 年第 5 期下半月刊,《诗选刊》2014
年第 9 期

入　秋

一个怀了身孕的新婚妇人
慢慢地走着　步子有些笨拙
孩子仿佛在踢她　秋凉了
可她的表情是暖的
像天空淡淡的云

远处没有人　田野里很静
夜晚会有更多的虫鸣
点亮星星和田野里的芳香
路边的一根歪着的小草
让她突然想起了什么

那时她爱在这田野里奔跑
跑得浑身是汗　头发贴在脸上
那是很久以前的事了
那时她还不懂得孤独
不懂得如何让自己安静

风有点凉　她的肚子是暖的

她的那位也是本地人
有着同样的口音
同样的禀性　同样勤劳朴实
这一点让她很安心

入秋以来　她在夜里翻身
会很慢　怕惊动了什么
怕弄醒肚子里睡着的孩子
还不知道是男是女呢
这又有什么关系呢

2013.10.10

载《山东文学》2014 年第 5 期下半月刊 ,《诗选刊》2014
年第 9 期

一头蒙昧无知的猪

潍河滩上　一头蒙昧无知的猪在跑

它不知道在今年　它的身价已经大涨

它还如它的同类一样

贪吃贪睡　它不停地拱着什么

在泥里　水里　土里

去年　一头猪　曾经让我乡下的父辈们难过

今年一头猪　又让我在城里的亲人失语

我们已经吃不起猪肉

可是那头蒙昧无知的猪　还在我的记忆里跑着

没有停下来的样子

2007.6.11

载《诗探索》2012 年第 8 期

怀孕的农妇

再过几天就是小满了
村里的槐树
开着很白的槐花
风里有蜜蜂和香味

放蜂的人戴着面纱
在空地上割蜜
她喜欢蜂蜜
远远地站着看了一会儿

再有几步　就到家了
刚才她步行去了趟教堂
他嘱咐过她几次了
要她不要出门

他说没事就在炕上待着
好好地坐着　累了就躺躺
她嘴里应承着
可还是一个人出来了

他去距这不远的城里打工
家里的很多器物都是他做的
婆婆还没过来
说好了近期就会来的

她一个人在家
有些闷　有些寂寞
她喜欢看邻家的小猫小狗
她的眼睛里有蜜

不用过多久
这房间里就会多出一个人
她的腹中就会少一个人
这真让人期待

她又有些害怕和慌乱
应该怎么安排孩子
今天在教堂里的时候
她认真地祷告过了

2014.8.4

载《诗探索》2016 年第 2 期作品卷

公　社

公社是国家的孩子
是村庄的父亲
太阳一样　又大又公

母亲在夜晚的小腿上搓麻
那些麻　来自月亮下的洼地
来自大队最低的土地

姐姐说我来自更低的池塘
那是 1973 年
那一年小暖还没有出生

我现在怀念的是生产队不是公社
这和父亲有所不同
他和母亲都是公社的社员

他们用工分养活我们
把浸透汗水的劳动和麻绳
悉数交给公社

母亲去世那一年
人民公社也随之消失
只有劳动和人民留了下来

2015.7.1

载《中国作家》2016 年第 11 期

沙　子

那一年冬天　黄昏时
我和父亲赶着马车
去村前的河边拉沙子
刚下过雪　黄色的沙子
就埋在雪的下面

我们用铁锹清理了清理
沙子表面的积雪
然后开始　一锹一锹地
向马车上装沙子　雪下的
这些沙子洁净　潮湿　金黄

我们装沙子时　那匹红马
在不住地打着响鼻
呼出一团团　乳白的热气
还用蹄子　踢踏地上的积雪
父亲因此吆喝了它几次

装满车之后　为了防止沙子

从马车上散落　我和父亲
用铁锹把溢出的沙子
培成了屋脊状　满满的一车沙子
看上去让人很放心

从河底往上拉要经过一个坡
我和父亲都帮着红马用力
下过雪的路有点打滑

红马拉着沙子和我们　慢慢地
向回走　沙子在车上很安静
满满一车沙子　在父亲的眼里
就像一车金黄色的麦粒
而在我眼里　沙子就只是沙子
我和父亲在路上垫了些沙子
借沙子的摩擦　我们过了那坡

我和父亲从河边回到村子
天就完全黑掉了　身后
我们留在路上的车辙
以及零星散落在雪地上的沙子

全都消失在无边的夜色里

2016.7.27

载《中国作家》2016 年第 11 期

深夜里也有灿烂的事物

诸如大地上起伏的灯火
一个孩子梦境中燃烧的向日葵
天空中闪烁的群星
此刻你脸上浮现的安静与美

2014.9.5

载《扬子江诗刊》2015 年第 2 期

灰獾

天还没亮透　村庄还在沉睡
田野上有朦胧的雾气和细微的声响
我在河边看到了那只灰獾
它瞪着小小的眼睛　用它的尖嘴
正试探性地触碰着这个世界

它在黑暗里已经待得太久了
冬日即将过去　万物正在复苏
洞外这新鲜的空气让它有点陌生
它身上还带着去年的拥挤和气息
我没有靠近它　它嗅不到我

一只怯生生的灰獾　太阳升起时
不再躲躲藏藏　它身上的茸毛
慢慢地蓬松开来　由浅灰变得透明
它周身上下的那层淡淡的光晕
让我重获童年　悲伤和喜悦

2016.1.8

载《山东文学》2016 年第 7 期上半月刊头题

潍河滩

所有的生者和死者　都各得其所
在潍河滩　大家就像那些树木
韩大伯像棵槐树　窦二叔则像榆树
宋三婶子像是梧桐　赵四姑就像白杨

他们一辈子长在这里　死在这里
一直未挪动地方　也不愿挪动
他们各自长着　形状不同的叶子
但他们根扎在同一片土地上

我身体里也流淌着　潍河的血液
我独自一人从远方回到潍河滩
我身上的荒凉　是时光的荒凉
也是这块安静而空旷的土地的荒凉

我的祖宗和先人　永恒的栖息地
终有一天　我也将沉睡于此
到那时　会不会有一个人
像我呼唤你们一样　轻轻呼唤我

除了那些刻着你们名字的石头
再也找不到　你们在世上的痕迹
你们亲手所栽种下的树木还在
冬天它们只是暂时　落尽了叶子

2016.1.10
载《山东文学》2016 年第 7 期上半月刊头题

陌生的诗篇

拦河大坝　古县水电站　我脚下
电机的轰鸣　河水在钢铁叶片和水泥
之间发出巨大的声响　高过蟋蟀和纺织娘
那强烈的电流并入电网　走进千家万户
有些传入了我的体内　让我战栗

一个无限的声音　从水流到达电流
升高　飞翔　这里仿佛就是世界的中心
乡村的夜晚突然之间亮如白昼
一只夜鸟从看不见的地方飞出来
像水一样　在这上空不断盘旋

水替我说出了　内心荒芜的言辞
我所经过的事物　两岸的田畴
树木　青草　庄稼　在星空下肃立
潍河这匹从来就桀骜不驯的战马
如今彻底驯顺下来　我不是它的驭手

草垛的阴影顺从地倾斜在月光下

更多的人会记住　旧日子里的温暖
村庄和白昼的边界有一堆篝火
在静静地燃烧　像你血液中的铁与梦想
而我沿着青草一路寻找　水的镜子

一个哑巴在爱情的前夜来回徘徊
他的胸腔　无法忍受对小暖的怀念
他知道地下埋藏着珍宝和更清澈的水
他用尽了远方　苦　大海和岁月
只为蘸着露水写下这首陌生的诗篇

2016.1.18

载《山东文学》2016 年第 7 期上半月刊头题

干　草

一

父亲说　那些干草曾经是青草
现在它们干了　可还是青的
水分虽然已经蒸发到空气中去
可颜色还是青的　它们依然
在大地上　只是不再生长
不再站立着　它们现在躺下了
就像村子里老去的那些人
它们记得河岸边夜里的水雾
记得黎明时的晨光　记得一只
笨拙的野兔曾经咬过它　它保留着
那疼痛　现在像天上的白云一样软

二

干草在黄昏寂静下来　堆在一起
温暖的阳光在它们身体里流窜
星星开始闪动眼睛　村庄灰暗的

记忆　被一盏灯所打开往事

多么遥远　干草有些麻木了

那个扎马尾辫的小女孩

嘴里咬着一根干草　久远的

气息让她着迷　那微苦在她感觉

是甜的　像包着糖衣的药丸

她像哑巴一样张开嘴巴

可她始终说不出干草这个词

　　　三

正午时分　干草在地上留下阴影

这阴影和早年青草留下的阴影

完全不同　但都是黑的

阳光太过明亮　这是村庄最

安闲的时候　去年漏雨的屋顶

已经修葺一新　干草吸收着

村子里所有嘈杂的声音和吵闹

天空现在是蓝的　一朵云

把它淡淡的阴影投在干草上

这让干草看起来不再那么耀眼

它们蓬松着　如大地崭新的毛发

　　四

一只蚂蚁爬进干草　我们可以听到
那细微的沙沙声　它试图和干草
握手言欢　填平曾经的不愉快
可它在干草里　迷路了　它再也
找不到从前它所认识的那棵草
它有些着急　它是诚挚的
但其实所有的干草早就原谅了它
干草比起从前要轻　它已经不在意
蚂蚁的打扰　干草已经减小了
自己的欲望和渴　减小到无　甚至
可以让一只蚂蚁轻轻地举起来

　　五

干草在一场大风中　飞了起来
它有些晕眩　它从未想过　自己
也可以像一只鸟一样　在天空中飞翔

它看到　早年它的那些朋友们现在
都在它的下面　看上去那么小
像蚂蚁一样　干草感觉自己
有些发飘　就像是一个被众神
放逐的诗人　它在大风中飞舞着
可是它并不能自主　它无法掌握自己
的方向　干草知道　它还会落降在
大地之上　它沉静地抱紧了自己

六

在我的某本诗集的书页中
静静地夹着一根干草　我不知
自己究竟是何时收藏的它
我一点也记不起来　自己为何
要把一根干草放在书中
书页上有了干草的淡痕和香气
在一本诗集中待了多年以后
我看到干草　已经变得容光焕发
干草像我早年的爱情　有一颗
草本的心脏　柔软　澄明

适合治疗一个中年男子的失眠

七

我突然记起了那把镰刀　记起了
那块月牙状的　磨镰的青石头
镰刀曾经在它的上面　发出鸣叫
那镰刀曾经割出过我手指的血
那把割草的镰刀　现在去了哪里
当年的青草　已经成了干草
哦　我的眼眶里是什么在涌动
镰刀杀死过多少青草　而我
杀死过多少　青草一样的记忆
那些不可重逢的青草　紧抵着嘴唇
而我怎能随便说出　它们沉默的名字

2016.2.8

载《山东文学》2016 年第 7 期上半月刊头题

故乡的小暖

很多年后　我还记着故乡的小暖
像记着故乡的春天　记着春天的田野
像记着那条穿田野而过的潍河
以及两岸盛开的那些洁白的梨花

故乡的小暖　如今已经不知下落
那一年她望着我　像黑夜里
一颗异常明亮的星星　我那么慌乱
而又幸福　只是紧紧地握着她的双手

故乡的小暖　她的手那么柔软　温暖
还有微微的潮湿　我一直不敢看她
明亮的双眼　她穿着白衬衣　黑裙子
发间有一条蓝色的丝带　那么蓝

小暖　我少年时代最亮的星子
那么多年里　我静静地沐浴着她的光
我是最低的尘埃　小暖望着我
眼睛里一半是容忍　一半是怜悯

2016.2.26

载《山东文学》2016 年第 7 期上半月刊头题

暮　晚

傍晚时分　我们收工　从地里回家

身子像散了架　坐在马车上一动

也不想动　只是摇晃着　道路两边的玉米

也时高时低地摇晃　没有一丝风　但是雾气

已经起来了　田野的景象　开始变得

模糊不清　我下意识地　紧紧抓住车辕

马蹄新钉的铁掌　在硬土路上

发出与以往　不同的声音　我看到

那一年的天空　犹如一只巨大的乌鸦

它慢慢地俯身下来　展开浓黑的羽翼

把我和父亲　以及马车　牲口

远处飘着炊烟的村庄　静默着的草垛

悉数收入怀中　只留几颗星子

像几粒雀斑　长在小暖美丽的脸上

2016.2.28

载《山东文学》2016 年第 7 期上半月刊头题

种石头

我家一共种了两块石头
都是父亲亲手种的
一块种在院子里的水缸边上
一块种在家后岭地母亲的坟墓前
一块是青色的磨刀石
它已深深地凹下去　如一弯月
一块是白色的墓碑
在数十年里　它静默如初

2016.7.1

载《山东文学》2016 年第 10 期下半月刊

蓝头巾

我曾经在傍晚　　见到过
一个眼神宁静的姑娘
她独自一人　　站在平原上
围着一条蔚蓝色的头巾

她宁静的眼神
像她的头巾一样蓝
因为她的存在　　整个平原
都完全地宁静了下来

微风拂动着她蓝色的头巾
她就一直静静地站着
直到蓝头巾上有了一抹微红
那是晚霞映照的结果

平原上的夜雾　　沉默而凉
渐渐模糊了四周和整个天空
但没有模糊她的头巾
也没有模糊她眼睛里的蓝

2016.8.4

载《山东文学》2016 年第 10 期下半月刊

收音机

许多年后我记得那台木盒式收音机
它陪伴了我整个少年时代
乡村生活因此有了许多阳光
开关　旋钮　后面板一号电池
屈指可数的频道
密密麻麻的电子元件
我对它的构造了然于胸
母亲生前所购之物
我以为它是难以替代的
但如今它的确已经不知所终
仿佛我曾经收听到过
又从这尘世消失了的声音

2014.9.19

载《青岛文学》2015 年第 5 期

卡　车

卡车运来了水泥　运走了粮食
绿卡车　行驶在黑色的柏油路上

一辆解放牌绿卡车　它解放了什么
司机究竟要把它开到哪里去

在我的记忆里它是甜的
但在父亲的记忆里它却是苦的

这只巨大的过去年代的蚂蚁
摇摇晃晃地往返于城市和村庄之间

很多年后我就坐着这样一辆卡车
从农村到了部队　成为解放军战士

现在人到中年的我有时会梦见自己
开着锈迹斑斑的卡车回到久远的过去

而你会准时出现在那个路口

微笑着冲我招手　让我载你一程

2014.7.22

载《延安文学》2014 年第 5 期

割 草

那个夏天是最后一个夏天
你在河滩上割草
我在河里游泳

我光着头　光着屁股
你留着那个年代的短发
穿着泛白的蓝碎花的确良

你叫我不要到水深的地方去
但你拿着镰和筐
去了草最深的地方

你在那些茂密的草里
起伏着　我能听到你的汗水
你能听到我扑腾的水声

有时我一个猛子扎到水里
抬头拭汗时看不到我你会惊慌
你大声地喊叫我

草　帽

我水淋淋地从水里冒出来
向你挥手　你微笑着
继续低头割草

看不到你我也会心慌
那些青草怎么就淹没了你
泥土怎么就淹没了你

母亲你已经离世很多年了
每次想起你　我不会再感到难过
只是会有些心慌

心慌的时候　我就不停地割草
那些荒草的气息　茁壮而持久
无边无际　悲伤又芬芳

2014.5.26

姐姐在秋天的玉米地里拔草

秋天的天多么高
秋天的玉米多么高

秋天的天多么热
秋天的玉米地多么热

姐姐就在这闷热的
蒸笼一样的秋天的玉米地里拔草

在绿色的玉米地里
姐姐的脸是红的

头发被汗水粘在脖子和脸上
母亲留给她的那件花衬衣湿了又干了

她的两手已经起了血泡
姐姐整个人都被草染成了绿色

可她的手经过的地方

姐姐在秋天的玉米地里拔草

有些草仍然没有被拔起

秋天多么深
姐姐在秋天的心事却多么浅

姐姐在秋天的玉米地里拔草
她将背着那些草回家

拔草的姐姐后来也成了一棵青草
被另一个人轻轻拔起

2015.8.24

黎明时分的田野

一只中年的野兔
知道天快亮了

它在我家的豆地里
静静地吃豆子

我在黎明时分梦见了秋天
梦见了故乡的田野

那个薄薄的黎明
弥漫着雾气和庄稼的芳香

一只正在吃豆子的野兔
它和我离得那么近

它熟练地吃着豆子
两只耳朵警惕地竖着

在梦中　它沿着那条路回家

然后钻进了父亲下的那个套子

清晨时我看到父亲提着它回家
它看上去沉甸甸的

父亲剥开它　我看到
它的肚子里有那么多豆子

那些豆子后来又回到了田野
而我梦见的野兔再也没有回来

2015.9.18

雏　菊

她怀抱着雏菊　雏菊也怀抱着她
她穿着浅蓝色的棉布裙
布裙也穿着她　她黑色的眼睛里
闪着雏菊一样的光

昨天她还走在乡村的黄土路上
今天她就站在了城市的红绿灯前
她睫毛的黑栅栏　那么密
像被高楼切割后的天空

她像一个从沉睡中醒来的人
眼前的一切让她觉得无比陌生
她是一株从冬天里醒过来的植物
她仿佛这个早春城市的第一朵雏菊

她有着白色的裙摆　黄色的心
她是人们在昨天的记忆
她带着清晨的不属于城市的露水
她在城市逼仄的夹缝里摇曳

昨天她还静静地　站在野地里
今天就成了春天的一则讣告
它站在了中心广场的大屏幕上
像一只孤独而沉默的云雀

在早春的微风里　她像一个
可以随时被毁掉的证据
永远怀抱春天和雏菊的姑娘
通过她　我看到了更多的雏菊

2017.4.21

葵花地

多年以后
我还会记得那片
葵花地　它安静地
待在时光的路口
直到我们
找到它

葵花们站在
深秋的黄昏
若有所待
下午的阳光
照着我们
照着它们

空气黏稠　透明
金黄的葵花
发出金属的颤音
有一株葵花
长得奇怪而高

结了五六个花盘

我给它拍了
好多张照片
其中一张
你也进了镜头
你侧身站着
也像一株葵花

我记住了那片
葵花地
记住了它上方的
那片深邃的蓝
也记住了你脸上
淡淡的红

在葵花地里
蜜蜂嗡嗡
也蝴蝶翩翩
花粉簌簌
有灿烂之美

也有颓废之美

有的葵花逆光
有的葵花顺光
有的葵花侧光
青涩的葵花抬头看天
成熟了的葵花
则低头不语

2015.12.1

野酸枣

不是一株　也不是两株
是三株野酸枣
在这里静静地长着

它们的根扎得很深
可能在下面　它们的根
是紧紧纠缠在一起的

我每年回故乡
每次回故乡
都会来看看它们

有时它们刚绽出新叶
有时结出了繁密的野酸枣
有时只是光秃秃的枝干

我见的多是冬天的它们
用一根根坚硬而锐利的刺
对抗着人世间的寒冷

这低矮的三株野酸枣
它们站在这里很多年了
我几乎见证了它们的成长

它们的枝有力地展向天空
像是要喊出些什么
它们的根则试图触碰到什么

三株寻常的野酸枣
它们的下面　静静地
埋着我年轻的母亲

2015.10.29

猎　物

父亲常常对我说
爷爷一生最引为荣光的事情
是 1942 年曾用他的猎枪
打死过一只豹子
据说那是只雌性的
正处于哺乳期的金钱豹

倒在爷爷的枪口下时
它刚捕猎到了一头
在河滩上寻找青草的麋鹿
一头幼小的麋鹿
这等于说爷爷的那一枪
收获了两个猎物

父亲说豹子捕麋鹿在前
而爷爷用枪猎杀豹子在后
小麋鹿是豹子的猎物
那头豹子是爷爷的猎物
河滩上那些无处可去的青草

则是麋鹿的猎物

父亲说两年以后爷爷死了
是在河里出了意外
他于无意中成为了河水的猎物
爷爷　豹子　麋鹿都早已不在了
但淹死爷爷的河水还在
年年生长青草的土地也还在

2016.6.28

项　链

生平送出的第一条项链
是用地瓜秧　浅紫色的脆梗做的
我整整花了一下午的时间
小暖戴着这条凉沁沁的项链
在镜子前走来走去
我们都兴奋得一晚没睡
那年我七岁　小暖比我小一岁
现在　小暖仍然比我小一岁
她的项链是白金的　已经成了遗物
在广阔的人间　它闪着淡淡的光

2016.10.18

陌生之诗

开始我就是一个陌生人
现在则完全成了一个陌生人
很多年过去了　很多事情过去了
很多以前熟悉的人与事
都渐渐地变得陌生

当年我离开熟悉的乡村
进入陌生的城市　现在城市
陌生依然　而乡村也陌生起来了
有陌生人和我打招呼
我都是有礼貌地回应他们

闲下来时　我听一些老歌
也都陌生了　在时间和生活
强大的加速前　人类是渺小的
但我并不觉得陌生是痛苦
再没有什么值得我痛苦

不论活着　还是死去

对于这个日渐繁华的世界
我都是一个陌生人
我现在能坚信的　只有这一点
就这样陌生着　也很好

我不再试图理解他人
我和大地为邻　与自己为友
习惯同类的指谪和嫉妒
我没有愤怒　也没有欲望
没有什么能驱策我

除了一首萦绕于脑际的诗歌
它让我全身充满了活力和斗志
我追踪它　像追踪逃跑了的童年
我在人群中不再表达什么
也不再煞有介事地持什么立场

我是一个普通的陌生人
我漠视这个世界
自然　也被这个势利的世界
所漠视　从昨天到今天

我正慢慢地找回自己

我擦掉了自己身上
那些多余的　芜杂的部分
面具和修饰性的衣物
对于蠢者于事无补
对于智者则是羁绊

我带着自己的思想
在旷野上散步　经常遇见
落日　星辰和一头麋鹿
有时候麋鹿会突然对我说话
像我的一个老友

看着它　我会慢慢想起你来
但这并不证明我还爱着你
我已经摆脱了那束缚　我希望
有生之年能有另一次解脱　脱掉
这陌生的　让人生厌了的肉身

2016.3.1

山楂之诗

从山楂到糖球发生了什么
长高的山楂树和一个长大的孩子
去年的爱情从春天来到了冬天
它已经从青到红　由酸到甜
这火焰般明亮的誓言

白天它是一串金黄的太阳
夜里它则是一串银色的月亮
在乡村的黄昏　一串糖球
像一串南红念珠　在时光的庙宇
安妥着一个中年人的灵魂

父亲当年栽下的是山楂树
母亲今夜亲手熬好的是糖浆
山楂是父亲最幼小的孩子
山楂小小的乳房　在风中摇曳
像一首透明而轻盈的诗

一枚成为糖球的山楂是美的

但它和我们一样　始终无法预知
自己的命运　像糖浆一样薄
生活是匀称的　旧日子里的清苦
如我那一年的高烧　已经完全消退

现在在我的祖国　在落雪的
山东大地上　我看到的更多的
是当年的山楂　而有人看到的
只是它的甜　再大的雪也无法掩盖
这些美丽而温暖的红灯笼

谁的心有一些微酸　如何恢复
一枚去年的山楂　如何去掉
此刻包裹在它身上的　这些糖
如何让一枚插上竹签　撒上芝麻
的山楂　重新回到当年的山岗

在飞逝而去的时光里
我看到一枚火红色的山楂
犹如一枚宁静而辉煌的落日
它在一个人的胃里不断下坠

而我感受到的是不能承受之轻

我曾经眺望过一棵山楂树
那时它是矮的　它才刚刚开花
山楂树下的那个青涩的姑娘
去了远方后　就再也没有回来
谁的心口永远埋藏着滚烫的忧伤

一串糖球　一串冰糖葫芦
它在城市人潮汹涌的集市上
散发着乡村　农历和喜庆的气息
就像在春夜里跳动着的篝火
除了一个孩子　没有人能吹熄它

在不惑之年　我始终竭力避免
和一枚小小的糖球的　短兵相接
我害怕　我仍然会忍不住自己的爱
怀着诚挚和忠贞之心　颤抖地
去亲吻它　充满着冰与火的双唇

2017.1.19

童年之诗

不是蜻蜓　也不是蝴蝶
我那数十年前的童年
是一只小小的蝉蜕

一个壳　里面已空空如也
要如何才能再次进入
这件窄小的衣裳

它一直还在原地
在某段树枝　树干
某根草茎　某道篱笆上

静静地卧着　经着风吹和日晒
草长莺飞　它都不再动了
风吹时才微晃　发出细细的声响

多少岁月过去了
它还在那里　一动不动
它竟然可以独自　停留那么久

那时一心想要长大
一心想要　彻底摆脱掉
童年这件衣裳

当年抽身而出的兴奋与喜悦
脱离开它那一刻的激动与战栗
如今已然成了无边的怅惘

一只纤毫毕现的蝉蜕
一个空洞无物的童年眼神
一味透明易碎　辛凉解表的药引

2017.6.1

春 夜

草木的气息在深夜里
更加清晰　旺盛
可以一一地分辨出来

菖蒲　芙蕖　白杨　垂柳
这些散布在河滩上的植物们
犹如春夜里的星辰

我看到它们在黑暗中
静静地闪烁着神性的光辉
蓝夜之下　土地睡了　河醒着

站在潍河滩浩大的春夜里
我拥挤的内心　生出来了一些
小如针尖的喜悦

因为你不在　这空阔无边的春夜
在漫长的时光和深广的宇宙中
显得既奢侈又寂寥

2017.3.28

梧　桐

你中年的脸一直在梧桐的后面
那些剩余的　慢镜头的时光和笔记
在每一个黎明　都会重新苏醒
庭院中这棵拥有巨大阴影和叶子的梧桐
它粗壮中空的躯干　指向事物的虚空

劳动和生存的意义比被砍掉的梧桐还要轻
摘桐叶遮雨的情景　犹如一只鸣蝉
藏匿在少年的梦境和黄金般的树干上
梧桐身上堆积了多少月光和落日的刻痕
这些星辰一样神秘的图案　让谁无端泪涌

我在一场灰色的细雨中　在一棵梧桐树下
眺望岁月深处那些消失了的人与事
万物依旧　村庄依旧　河流和道路依旧
水桶里的月亮和天空也依旧在摇晃
只是母亲不再在黄昏的梧桐下逆光劳作

据祖母说它是当年母亲嫁入我家时

父亲亲手所植现在梧桐已经枝繁叶茂
相对于它的沉寂　这个秋天的傍晚多么漫长
故乡荒凉的雨水敲着那些高过屋顶的梧桐叶
就像安慰着陷入漆黑和睡眠的乡村

我透过那一道低矮而陈旧的时光栅栏
反复倾听缭绕的炊烟中　雨打梧桐的声音
秋天的雨水静默微凉　我感觉自己身上
有什么正在复活　母亲手掌的余温仿佛还在
就像记忆中那些淡紫色的春天和桐花

2017.9.18

秩　序

在潍河滩　秋天又一次深了
大地上的万物　在黄昏　深情地
彼此凝视　一个老人低下身子
倾听并抚摸着渐凉的秋风

深秋的村庄和原野　秩序井然
秋天是一道加法　更是一道减法
在白天它是茂盛的青草和庄稼
在夜晚则是荒芜的诗篇和烈酒

执拗的生长和金属的收割　在深秋
持续上演　代表并维持着时光
那隐秘的界域　河流和土地的关系
犹如男人和女人　始终缠缚不清

在九月　潍河滩上万物的秩序
就是天空和众神　所引领的秩序
它符合人们内心黄金的法则
也暗合夜空中白银的排列

在潍河滩　女人不断地模仿着土地
也模仿着河流　而男人负责收割
负责在河里游泳　他们一次次
从土地上出走　又一次次涉露水归来

秋风吹着女人们色彩斑斓的头巾
通过她们清澈的歌声和丰腴的身体
我们可以看到　可以感觉到
整个起伏的秋天　是多么迷人

收割后　这空阔而苍茫的土地
全部被一种伟大的力量所统摄着
哦　神圣的激情　秩序之美
慢慢地涌上一个女人　温暖的面颊

2016.9.26

秋　后

很多事情都要等到秋后
比如那个死刑犯是在秋后杀的
比如账通常是在秋后才算的
比如我们少年时代
在秋后才去田野里捉蚂蚱
比如潍河里秋后的蟹子特别肥
比如秋后　我们才去河滩上割芦苇
在广阔的潍河滩上　很多人与事
现在也都已经　到了秋后一切都
水落石出　可以盖棺论定了

2016.10.28

火　山

印象中　人们一直都叫它火山
但没有任何人看到过它的火

多年以来　它只是保持着山的形态
就像一挺陈列在战争之外的哑了火的机枪

它平静的眼神是冰冷的白天
它哑默的身体则是沉寂的黑夜

它内心深处醒着的珍宝和弹药
是它永远的伤和不肯示人的秘密

我曾经目睹过一座火山的爆发
我惊异于那种巨大的天崩地裂般的能量

是的　一座众人眼中的死火山
不管休眠了多久　终归会突然重新复活

它井喷一般高傲的活　宣告了

山火

一些低微　卑贱事物的死

仿佛一个披头散发的发了疯的女人
它不管不顾地完全敞开自己

它的爆发毫无征兆　犹如王者归来
那些滚烫的血浆　灿烂　明亮　夺目

它鲜活　妖娆　赤裸的胴体　是具象的
犹如一朵盛开的令人惊心动魄的罂粟

没有人知道　从活到死　从死到活
它究竟经历了什么　它煎熬忍受了多久

那些疾病　隐痛　块垒　眼泪
统统化为蔚为壮观的带电的高温熔岩

它们将在历史的某一刻成为标本
成为人们认识爱情或者一座火山的途径

为了给一座火山命名　为了考古

为了用火山的名字给自己取暖

我独自走近过一座休眠的火山
我想象一座火山它喷发时的样子

我在纸上　在遥远的世界地图上
和一座在千里之外喷发的火山四目对视过

当它悲从中来　当它掩面痛哭的时候
我也禁不住流下了　虚妄而抽象的热泪

2018.6.4

小尼姑

她突然有些后悔
庵内的桃花和庵外的桃花都开了
她偷偷擦了口红的嘴
像春天的一个伤口
又像是一朵桃花

两个菩萨在她的心里打架
她一开口就露出满口洁白的牙
去年的梨花纷纷败下阵来
她安静晴朗的眼里
有了阵雨　芬芳又湿润

她年轻丰腴的身子
在青黑色的僧袍下面
急骤地起伏着
像极了远处雾气笼罩的山峦
木桶里的水很甜　很凉

她注视着一朵桃花出神

以致路过她的春风轻佻地
摸了一下她光光的头顶
她都没有察觉到
她多么渴望从这枝头纵身一跃

她葱白般的手指靠近了
一朵半开的桃花
最后还是下意识地逃开了
昨天师父还骂了她呢
她是委屈的　但她并没有辩解

偌大个红尘　除了嗡嗡叫的蜜蜂
没有人知晓她的心事
她想逃离这盛大的人间
那些桃花想开就开
可她却始终做不了自己的主

2015.4.15

矮玉米

我在某个傍晚时分
看见过那棵玉米
它长得有些矮

风吹过这里时
它跟随着风一起晃动
它竟然也结出了一穗玉米

一棵矮玉米
它始终是静默的
这一点多么让人宽慰

它的根扎在土里
有一些已经露了出来
但它还是像别的玉米一样站着

出于热爱和感动
我轻轻地抚摸了它
我多么渴望能接近它的灵魂

很多年以后我梦见到它
它锋利的叶子　毫不留情地
把我浑身都割出了血来

2015.8.21

老玉米

一棵老玉米
在黎明时分死去了

而土路还在延伸
潍河还在继续流淌

我仿佛看到母亲
用力地掰下了那个玉米

它与玉米秸断开时
没有发出声音

父亲在堂屋里最后一次
整理了祖母的遗容

送葬的队伍走出村外
刚好遇见怀抱玉米的母亲

我看到母亲鬓角的青草

转瞬间干枯了

在黎明时死去的老玉米
是我记忆中最持久的黑暗

那天缠在我头上的白布
后来谁也不知它去了哪里

2015.8.22

去潍河滩的路

去潍河滩的路上
已经有了雪
这个冬日　冷过以往
任何一个冬日

即便这么冷
即便路上有了积雪
我还是要回去

早晨的阳光
照着落雪的土地
照着这条去潍河滩的路
路上早已有了车辙

路旁的树木和村庄
在静静等待着
一个返乡的人的脚步

在积雪的映衬下

高高的天空和小小的炊烟
看上去是多么蓝
多么温暖

让一个悲伤的人
忍不住想要融化在
这条落雪的路上

2016.1.12

三个没有棋子的男孩

那个下午
我在河边看到三个男孩
他们坐在河堤上下棋
他们没有棋子　也没有棋盘
棋盘是他们在地上画的
棋子是就地取材
用两种不同颜色的石子

三个男孩　三个来自乡村的少年
我注意到其中下棋的那两个
一个穿着黑色上衣
另一个穿着带着格子的白色上衣
第三个坐在他们之间
穿着红上衣　就像一个局外人
又像是一个裁判

那个下午　河水还未上涨
我在河边的空地上
看到的那三个没有棋子的男孩

就像三粒孤零零的棋子
我不知道他们是主动远离了村庄
还是被进了城的大人
临时遗弃在这里

2016.6.20

外省的乌鸦

我看到一只外省的乌鸦
披着陈旧的时光　慢慢接近我
它经常在村庄的空地上
焦急地踱步　有时也飞上屋顶
像一个黑色的幽灵

那个死去的孩子则像个鬼魂
他戴着乌鸦的面具
在我们的梦里反复地表演饥饿
他骨瘦如柴　身轻如燕　在危险的
刀锋和钢丝上　如履平地

刀锋和钢丝后来转换成两条铁轨
一列呼啸而过的火车　轻轻地
就带走了他的灵魂　没有人知道
火车去了哪里　他剩下的粮食
至今还在民间和谷仓里闪耀

而他的白骨则在乡村的坟墓里闪耀

幼小的白骨上依然有清晰的凹痕
早年他的头　曾被一块
陌生的石头击中　他现在埋在土里
也像一块陌生的石头

土地紧抿着嘴唇　对一个外省人
和他的下落　缄口不言　在命运形成之前
那只外省的乌鸦业已到达这里
一只外省的乌鸦　在它幽深的眼神里
没有悲伤和苦　只有慢和孤独

2016.10.20

扎根树

1969 年春　知青王小花
在落户的王庄大队
积极响应村支书的号召
栽下了自己的扎根树

数月后　她在一封
给母亲的信里
提到了这棵让她
戴上了大红花的光荣树

母亲冒着巨大的危险
在回信里　劈头盖脸地
大骂了她一顿
树活着你就回不来了

革命知青王小花
从此有了一个秘密
每天夜里大家都睡下后
她偷偷地一个人起来

她死命地摇晃那棵树
它死了　她才能好好地活
树后来真的死了
王小花后来也回了城

但是王小花到死也不肯
原谅自己　她总是梦见那棵
在她拼命的摇晃下
绝望地呻吟的树

2016.9.28

一百零八个

1938 年 2 月 1 日，毛泽东在延安为《自由中国》创刊号挥笔写下了"一切爱国人民团结起来为自由的中国而斗争"的题词。也是在这一天，108 个优秀青年儿女从山东诸城上路了。

——题记

一

从一个村庄到另一个村庄
一条条新鲜的路子
伴着一个个新鲜的晚上
伴着一个个新鲜的白天

是怎样的一场大雪
让山河悲伤　让大地呜咽
寒气袭人　冷风刺骨
但他们的内心里是暖的

一百零八个人　为了自由的中国

在一九三八年的冬天
在二月一日　在农历的正月初二
从诸城上路了

二

旧的一年已经过去
现在是新年的第二天
再过两天就是立春
他们的内心多么渴望着春天

一百零八个人
一百零八个质朴的兄弟姐妹
从此告别爹娘　告别久居的村庄
告别奔流不息的潍河

潍河流向了大海
他们的路的前方也有一个大海
这条新鲜的路子
是用什么铺成　这些坚实的泥土啊

三

天蒙蒙亮　田野还在沉睡
但他们已经醒了
他们冒着鹅毛大雪
从潍河滩出发　向西前进

他们一路向西
向抗战的最前线
在这块大地上培起的路子笔直地向西
向西　是抗战的征途

他们踩着雪　踩着雪下坚实的泥土
他们的步子坚定　有力
他们不回避寒冷
不回避持续落向他们的雪

四

他们苗壮的脚步声
震落了历史枝头寂静的霜雪

一百零八颗火热的
在雪地里跳动着的心脏

有种强劲的永不屈服的力量
从 1937 年的冬天
传递到 1938 年的春天　许多年后
依然在一条火红的路子上回响

一百零八个人
他们的筋骨和血脉　似铁如钢
和祖国广袤而疼痛的大地连在一起
和就要到来的春天焊接在一起

五

美丽的姑娘　稚气的儿童
身材高大的男人
他们沿着新鲜的路子走着
这是怎样的长长的让人激动的行列

他们在寒冷的冬天里

永无休止地唱着游击队的战歌
仿佛从来也不知道疲倦
仿佛从来就不知道寒冷

这条新鲜的路子
让他们的生命和灵魂也新鲜起来
他们是大地生长出来的儿女
他们在艰苦里向往着艰苦

六

一百零八个人　一百零八颗星星
一百零八团熊熊燃烧的火
他们的眼睛多么明亮
他们的士气多么高昂

大雪　枪声　硝烟　飞机和大炮
这些都无法阻止他们向西
在这个伟大的国度正有无数的好儿女
像他们一样奔向那里

那是奋勇杀敌的前线
抗日救亡的前线
一百零八个人　一百零八条好汉
他们走在一条新鲜而光明的路子上

七

一百零八个生疏又亲密的人
他们来自这片大地不同的地方
可这条新鲜的路子
让他们情同手足　血脉相连

他们白天行进
晚上密集地相拥在一起
相互依傍　像一个巨大的拳头
他们燃起的篝火照亮了他们灰黑的脸皮

他们暂时失去了家乡
暂时失去了家乡的土地
但他们坚信他们有一天会重新回来
带着胜利的微笑再回到这片土地上来

八

一百零八个人　　他们沿途
贴下的标语鼓舞着一个又一个的村子
让村子里的人们反复地梦见春天
哦　这条新鲜的路子

一百零八个人　　在漫天的大雪中
埋下一百零八颗春天的种子
这春天的一百零八颗种子
像春天一样新鲜　　像这条路子一样新鲜

他们行进　　他们互相扶持
这长长的队伍　　像一列开往春天的火车
高亢而嘹亮的歌声
是从他们胸腔中喷出来的火

九

那是一九三八年
一百零八个人　　面容模糊又清晰

他们是我从未谋面的亲人
他们个个都是响当当的山东好汉

一百零八个人　从诸城的一条河出发
怀揣着信念和革命的火种向西
他们所到之处　抗日的浪潮开始汹涌
一种红如鲜血的精神随之入土扎根

他们点燃了自己　也点燃了抗日的烽火
他们中一部分人向西去了确山
一部分人向南去了苏皖
还有一部分人向北到达了延安

2015.7.14

载《青岛文学》2015 年第 9 期

火车记

一

昨天还是铁
今天就成了火车
昨晚还是水
今天就结成了冰

从一块石头中锻出来的铁
以火车的形式
从时光黑暗的隧道里
慢慢地开出来

最有快感的不是大地
而是山洞
但是山洞不叫喊
叫喊的是火车

雪落在火车上
并努力坚持着不融化

火车向前行驶在大地上
时光则向后飞逝而去

二

我喜欢火喜欢玩火
并不一定喜欢火车
我喜欢待在一个房间里旅行
你就为我准备了一列火车

有的时候
不是我在走
是因为火车热爱旅行
两条铁轨紧紧拥抱在一起

火熄灭了
火车依然在奔跑
爱情远去了
旧时光还停留在我身上

冬天太冷了

春天还很遥远
只有回忆让人温暖
但这个早晨太单薄

三

在冬天的雪地上
你除了看到一列奔跑的火车
还看到了什么
那个挥舞着红头巾的女孩子

如果你在冬天哭泣
泪水会如两条冰凉的铁轨
铁轨结了冰打滑
但是火车不会摔倒

火车已经倒下
站立起来的火车
只在我们的梦里才会出现
我们在梦中抱着一列火车失声痛哭

一列火车已经在黑暗中
独自奔跑了很久
远方没有黎明
火车睁着自己的眼睛

四

一列火车和另外一列火车
在雪地上猝然相遇
飞快地擦肩而过
它们竟然长着同样的面孔

一列火车就像另一列火车的影子
而回忆是一面正在落雪的镜子
时光有些模糊
泪水也有些模糊

我们不可能在同一列火车上相遇
一个座位空着
落雪后的大地空着
一个人的心空着

火车带走了记忆
带走了时间
带走了一张熟悉的面孔
远去的火车像一个陌生的背影

五

火车从远方来
火车要到远方去
火车最后去了雪山
现在的雪山曾经是一座火山

火山早就死了
但雪还在下
雪下在一列最慢的火车上
雪下在早年的火山口上

大雪能埋住火
但埋不住一列火车
因为内心里充满了火

所以我宁愿自己是一座雪山

那列在时光中缓慢行进的火车
一直没有熄火
它在白茫茫的大雪里行驶
只要闭上眼睛我就能看到它

2016.11.24

载 2017 年第 8 期《山东文学》上半月刊头题

街道记

一

这是小镇上最老的一条街道
她早年在这里长大
她有一个私生子
这条街道上最美的姑娘
失身于一个浪荡子

文革中她是众所周知的破鞋
她后来为了儿子的上学
还和一个教师上过床
这条街道上的很多男人
都曾经吃过她的豆腐

二

街道上的女人们对她的态度
充满了鄙夷　也充满了恨
在小孩子们耳朵里面

她是个地地道道的狐狸精
他们的父亲却都喜欢她

老黑头是街道上
唯一让她心里有暖意的人
每次都不响不声地来
帮她做一些力气活
然后一声不吭地离开

三

一个老男人　在街道拆迁之前
她曾经去找过他
但老黑头什么也没有做
画好妆精心收拾了自己的她
在夜色里默默地回家

她那晚脸上搽的粉
像月光一样　厚厚的
进门之前她看到墙上的
歪歪扭扭的破鞋这两个字时

她在心里灿烂地笑了

四

她回到家拿了抹布和水
慢慢地一点点地擦掉它们
在擦的过程中
她感到自己内心越来越澄明
像是又回到了青葱的少女时代

她感觉现在的自己就像
挂在半空里的那个又圆又大的月亮
擦掉后她平静地回家
关上门后她潜意识里觉得
墙上好像还有什么

五

她再次打开门细看
门口的墙上确实有字
是一个蛮横的拆字　字是白的

字的外面有一个圆圈
也是白色的

她就想起来是前几天
镇上的人用白石灰写的
她知道不用自己擦　这个字
它将从小镇上擦掉这条街
也顺便擦去它自身

2016.11.28

载 2017 年第 8 期《山东文学》上半月刊头题

栗园记

一

我从一个漫长的午睡中醒来
穿过那些落尽叶子的栗树
去园子里找到你　你是谁呢

我看到你时　你正在栗树下坐着
你穿着火红色的外套　像一只小兽
你已经在栗树下坐了很久

那些叶子也在初冬的大地上
躺了很久了　有一些正在落下来
你的身后　是满地的落叶

你的旁边有分岔的小路
那些栗树都有着分权的树枝
你的周围全是栗树　清一色的栗树

我和你说我感觉曾来过这里

你很惊讶　你说你也有这样的感觉
然后整个园子就安静下来

只有落叶浓烈而荒凉的气息
进入园子深处的小路上
偶然会遇有采摘过后遗留下的栗子

它们依然披着尖锐的盔甲
但盔甲已经裂开　它们安静地
躺在路边的草丛里　和在枝头时一样

去掉盔甲后　那裸着的栗色的身子
是光滑的　栗壳内汹涌着金黄
像我们的内心汹涌着喜悦

二

那个下午我们慢慢在园内散步
时光随着我们的步伐慢下来
在我们的目光里　园子是安静的

穿行在园内的栗树之间
仿佛穿行在慢镜头的时光中
一朵瘦弱的小花如何成长为坚果

那棵数百年前小小的栗树
是怎样经历了怎样的风吹与日晒
最后才长成今天的这个模样

我们在园子里分享了一条小路
也分享了一枚小小的栗子
我们和园子一起分享这个初冬

栗树上都有伤疤被砍掉的树枝
它们去了哪里　负伤的栗树是清醒的
一棵被砍过的栗树看上去更加深沉

园了里剩下的这些　是时光的遗产
远处那个在栗园里劳动的人
多么像一片栗树的叶子

在园子里我们曾经路过一处墓地

园子的西边　潍河则天天路过这里
有一些水　在这个园子流淌过

水进入土地　进入一棵栗树
进入一朵栗花　进入一枚坚果
很多年后我将从火中取出负伤的栗子

三

我们说到过黎明　说到事物的
虚空与丰盈　存在的意义
我们在园子里　散步　听着风声

那些落叶的样子多么美
一棵初冬的栗树　依然散发出
春天时才会有的生命气息

谁敲打过树上的栗子
一只贫穷的栗子　和阴影一起
落在辽阔的大地上

在遍地堆积的栗树叶子的缝隙里
落日的光　也神秘地抵达那里
像你现在额头上的光一样

我们在园子里呼吸四处走动
栗树们一直留在原地
我们能感受到栗树的目光

我们也可以听到　它们的呼吸
谁在栗园里　为神做过传记
谁为一棵孤单的栗树做过传记

纵然周围有这么多的栗树
那棵栗树依然是孤单的　路过它时
我们在谈论什么　没人提问我们

那棵栗树　它巨大的树冠
犹如一把雨伞　现在只有伞骨还在
那棵灰色的栗树　它是平静的

四

在栗园的椅子上　谁曾经坐过
更多的椅子是空的
叶子随意地落在上面

园子里所有的小路都是沉默的
尽头是苍茫　是天空的弯曲
一条小路在栗园的深处消失

一枚叶子从栗树上坠落
斑驳的历史从一棵栗树上消失
谁会是这园子里最终的缺席者

我看到在一棵栗树被砍掉的地方
有一些新的树枝长出来
一扇门关上　会有更多的门打开

我们和栗树的关系　就是和万物的关系
我看到一棵栗树　在模仿着人类
而我要诚恳地向一棵栗树学习

风吹　树枝会晃动　叶子会落下
但这并不能说明什么　风还是风
而树还是树　就像树叶上的污渍只是污渍

我想假设自己是一棵栗树　在这里
站立多年　然后成为一架栗木的梯子
像一个道具　滑稽地空置着

一架梯子只有靠着大地才是梯子
那些悬在高处的果实和真理
必须通过一架栗木梯子才能摘取

五

你慢慢回过头来的脸　恍如那晚
后来出现的月亮　这是一片真正的土地
这个园子所在的地方是我真正的故乡

后来我独自去了一趟园子
我仍然能找到那些温暖　你仿佛还在

在那里灿烂地笑　或者晃动

我们在那个园子里劝慰过彼此吧
因为那些离我们而去的人
我们从出生就开始了漫长的告别

现在我们已经到了中年
而栗园里也有沉重的暮色
我们知道　栗树每一年都在告别叶子

归途已经近了　那个做梯子的木工迟到了
我们的相遇也是迟到的
但并没有影响栗园自身的存在

回去以后　我打算再来这里一趟
傍晚的栗园　所有的事物都沉寂下来
我们将各自面对一个漫长的梦境

如果你理解了一棵冬天的栗树
你就理解了一条冬天的河流　一次逗留
是短暂的　但它超出我们的预期

我应该告诉你什么　我们有足够的时间
适应接下来的黑暗　夜幕下的栗园
是否比星空更值得我们热爱

2016.11.20

载 2017 年第 8 期《山东文学》上半月刊头题

招魂记

1

潍河滩的那些青青的麦子又小满了
粮仓空着　风吹着这青色的火焰
我看到父亲的背影　在麦地里晃动
相州镇的银杏又有新叶长成
那些小小的扇子扇不动风
是风在一一地吹着它们
韩家庄的孩子　又长大了
房子空着　那些长大了的再没回来
他们见风就长　胡须如草
那麦芒还未长成　刺着我的背的是什么
那银杏尚未结果　苦着我的心的是什么
那孩子尚未归来　乱着我的魂的是什么

2

潍河底的石块大过巴山顶上的云朵
我卑微的愿望小过田野里的一粒尘埃

潍河水在故乡一年年地流着

河水从故乡去了远方　亲人在故乡

一年年地老着　老去的亲人去了哪里

拔草的母亲　她拔出了青草的根

谁拔出了她的根　年迈的祖母

地主家的小姐　她迈过了那么多苦难

那么多沟沟坎坎　那么多河流

可没有　迈过死亡　未曾谋面的祖父

年年清明的雨水渗入地下

是否洗净了　你清瘦的记忆和白骨

3

我在潍河滩寂静的月光下踏浪而歌

我悲凉的歌声像那一年的大雪

落在麦地里　落在银杏树的枝干上

落在河滩上　落在人间和阴间的屋顶上

落在坚硬的石头上

落在你漆黑的眼睛里

落在这无边无际的夜里

然后杳无音讯　像那些去了远方的河水

像那些去了远方的人们
我的歌声冰凉　我的泪水温暖
潍河滩的月亮多么大
月光下的我多么小

4

一块石头压着我　一块石头的阴影压着我
一块石头压着坟头　在大风中抖动如幡的纸
白色的石头　黄色的纸　岁月如歌
石头依然白着　纸的黄色　已经褪去
积年的纸已经褪去　成为土　成为黄土
成为静静的黄土　厚厚的黄土
一张纸　一张黄表纸　它曾经是多么得薄
它前身的青草　曾经是多么得青
在潍河滩　有多少有名的　无名的青春
屈从于一块命中的石头　屈从于一块石碑
屈从于岁月的阴影　屈从于空和虚无
像一个哑巴　屈从于大地和沉默

5

我和你说起过潍河滩的落日
在这块土地上
每一个人的离去
都是一次辉煌的令人心碎的日落
在日落后无边无际的黑暗里
人们会不断地回忆那些光
烛光　油灯的光　甚至电灯的光
都无法与那些光相比
哦　那些人子之光　生命之光　肉身之光
熄了　一个名字空了　一件衣服空了
一所房屋空了
天空　空了

6

碑文已经漫漶　荒草已经过膝
而我还是要屈膝　面带着戚容　在这里
慢慢跪下　以头触地　让夹杂白发的黑发
和青草和这古老的黄土地　深情地相抵

除了无用的泪水和诗篇　我还能用什么抵抗
抵抗疼痛　时光　死亡和思念
尘世如此薄凉　头颅和肉身如此沉重
骨头轻了　灵魂轻了　泪水轻了
吹着这里的风　经过这里的鸟　也轻了
而我再也听不到　你轻轻的脚步
你总怕惊醒我　现在我醒着　你却睡了
我要怎样　才能弄醒你啊　母亲

7

在潍河滩上　活在这珍贵的人间
我已经默默地接受了数不清的结局
命运的河水和大风　无时无刻
不在冲刷着我　吹拂着我
我柔软的身子越来越硬　越来越冷
像一块坚硬又冰凉的石头　我真想有人
能把我捡起来　然后远远地扔出去
像是忘记一个既爱又恨的人
而我一直深深地爱着这里
不管走多远　不管被命运扔出去多远

我都会再次回来　生于土　归于土
这不仅仅是　我一个人的宿命

8

我拖着疲惫的身子慢慢地回来
祖父　祖母　母亲　先人们　我也想要
你们归来　我把女儿散开了的发辫
重新编起来了　我在辫梢上分别系上
一朵生于故乡旷野的　蓝色的小花
母亲啊　那个时候　公社的人们
都叫你蓝　我分不清是兰　还是蓝
我内心里的清水　一直供养着一株兰
它眉清目秀　穿着蓝色的粗布衣裳
母亲　在潍河滩广阔的田野里
女儿就像一只快乐而自由的小鸟
她还不知这人间的冷暖与深浅

9

能抚慰我的　只有这河滩上的清风

与头顶上的明月　只有这静静的潍河水
只有这年年青了又黄　黄了又青的青草和芦苇
它们是长在大地上的诗篇　是我内心的经卷
那些明亮的野火　烧得青草喊疼
烧得芦苇喊疼　烧得纸钱喊疼　烧得我喊疼
烧得这大地喊疼　而落日　烧得河水喊疼
我体内的火啊　在我的喉咙里　在我的眼睛里
在我拥挤的胸腔中　在我跳动的心脏中
燃烧啊　燃烧　这泪水的大火肆虐
能烧掉经卷　但烧不掉经卷上的文字
能烧掉一个人　但烧不掉一个人的姓名

10

我在无边的夜色里低着头为你们烧纸
低着头为你们招魂　火光明灭　照亮你们
回家的路　我用枯枝在路口　为你们
画下一个个的十字　纸钱飞舞如蝶
这些黑色的蝴蝶　从黄色慢慢幻化成黑色
犹如你们当年　由黄色变成黑色
那些黄色的皮肤啊　转眼成了黑色的灰烬

成为青草的肥料　生长在我的诗歌里的
那些茁壮的　不屈不挠的青草
它们身上就带着你们的骨血　爱和情义
那一年割草的时候　我曾经把自己的手指
割出红色的血来　像太阳一样红的血

11

姐姐啊　她已经出嫁　她的嫁妆
是一只带血痕的红镯子　那是母亲的玉
是祖母的玉　是亲人的玉　她也会把
这红色的玉镯传给她的女儿　她坎坷的
婚姻　她哭哑了的嗓子　哭红的眼睛
命运啊　多像这一只圆形的镯子啊
带着重复　回环和淡淡的血痕　母亲
姐姐很少把它套在自己的白手腕上
她用红绸布　一层又一层地包裹着它
深藏在暗红的枣木箱子　最底层的抽屉里
它是念想　是凭证　是金石　是一味药的引
这只带血痕的红镯子啊　它传递的是什么

12

多少人的姓名　多少人的面容
多少灵魂在人世重叠　聚拢　凝结
如一缕青烟　细而悠长　千百年不绝
是洪洞县　还是大槐树下　那个老鹳窝
如今还在不在　究竟有多少人拥挤在归途
像候鸟一样迁徙　从前朝迁徙到新梦
从生迁徙到死　哦　还有那些
走散了的人们　那些失散了的亲人
请你们全都沿着这一条路回来吧
来路和去路一样长　一样宽
这条路啊　像潍河滩走街穿巷的盲乐师
拉出的二胡曲一样长　也一样细

13

潍河滩上的槐树　年年都开串串的白花
难道槐香就是怀乡　这无法停止的病和香气
在我的怀里在大地的怀里　母亲的怀里
这令人怔忡难眠的乡思　乡音　乡愁

这泪痕点点的乳汁　那棵坚硬如铁的槐树
它锋利的刺　刺出了谁的处子之血
过了残忍的四月　就是苍茫的五月啊
我们有屋　可老屋已空　我们只好在端午
在屋檐下插艾　不为驱虫辟邪　就只为明志
艾就是彻骨的爱　我点燃一条艾草的绳子
悄无声息地缅怀先人　对故乡的爱
对亲人的爱　就像槐刺一样扎着我的心

14

这个黄昏　故乡的屋顶上青烟缭绕
黑色的蝙蝠上下翻飞　它们轻盈　灵巧
可以轻易地避开人世间的悲苦与喜乐
它们昼伏夜出　白天倒挂在乡村的暗处
我的隐形于土的先人们　请你们也在
这样的夜晚出来吧　请来巡视你们
曾经的领土　你们的疆域　你们永远是
这大地上的王　这是你们刀耕火种过的土地
挥汗如雨过的土地　夜色沉重　而你们和青烟
以及这些黑蝙蝠一样　是轻盈的　自在的

夜风慢慢压低了嗓音　压低了屋顶上的青烟
青烟如灵附体　开始四处乱窜　直迷我们的眼

15

每一次行走在这要命的土地上　我都能
感觉到你们　都能感觉到我的脚步
领受到了来自于大地的回应　我走得快
那声音也快　我走得轻　那声音也轻
我弯腰随意捡起一块路边的石头
石头清晰的棱角　幻出一个人的面容
它张开嘴巴　狠狠地咬我的手
像我前世的一个仇人　又仿佛前世的恩人
浮生如梦　原谅我　原谅我已不记得你们了
当我一个人　在潍河里　孤独地游泳
孤独地哭泣时　请原谅我暂时地忘掉了你们
忘掉了这个世界　和脱在岸上的衣物

16

只有在潍河滩　我才觉得自己

是一个真正赤裸的人　我就是在这里

赤条条地来　我也将在这里　赤条条地去

就像你们一样　甚至带不走自己的姓名

很多年后　会有另一个人　重新用起

这个名字　那些重叠的名字

那些重叠的名字下面　形貌各异的人们啊

在你们的肉身里长成的爱

并没有在这人间泯灭　每年的春天

从南面过来的大风　都会轻轻地吹着河滩上

那一株倔强的蒲公英　吹着它盛开的花朵

吹着那些摇摇晃晃的种子

17

你们的灵魂在人间和阴间往返

像一块块在空中飞翔的石头

和青草一样　和芦苇一样　和树一样

那些石头也有根　你们的灵魂　也有根

这些当年　小小的新鲜的　土丘

已经在岁月的山岗上　自然地长高

已经在潍河滩上　渐渐地隆起

就像一个个怀着孩子的孕妇
多么安静　这村庄最后的墓地
墓前的那一块　来自于相州的石头
它的根扎得多么深　多么有力
仿佛可以碰到　我们洁白的骨头

18

石头守在这里　土守在这里
草也一年一年地守在这里
哦　还有那些越长越大
越长越多的野酸枣　也守在这里
风来过　雨来过　雷来过　电来过
你们听不到雷声　也看不到电光
你们能听到青草的窃窃私语
你们能看到白云的轻轻卷舒
你们累了　你们再也不用远行与劳作
你们静静地守在这里
你们就是我所一直深爱的潍河滩
你们就是故乡　无言的土地

19

一只黎明起身的野兔碰落了昔日
草尖上的露水　那些晶莹剔透的露水
是先人们的灵魂所化　露从今夜白
月是故乡明　这只野兔从月亮里偷跑出来
广寒宫里太广　太寒　太荒凉　它要到人间
寻找青草和温暖　它在一个人的墓碑前
停下　它不认识碑上的文字和姓名
它熟悉碑后面的青草　它熟悉那种气息
也熟悉不远处豆子地里　黄豆的气息
它不认识那个种豆子的人　它并不知道
若干年前　在同样一片地里低头种豆的人
现在就埋在这里　他是我年轻的祖父

20

始终有一条路是回家的　是回村庄的
不管是土路也好　水路也罢　请沿着它
回来　落叶重新回到树上　枯枝败叶
重新变成青枝绿叶　请重新在这片大地上

翻云覆雨　播种庄稼　也播种后代
请沉溺于旧梦　沉溺于当年的温柔和苦
请饮清甜的井水　明亮的露水　请饮我们
新酿的家酒　浑也好清也好　浓也好淡也好
都能醉人　今夜　就请你们一醉方休
空了的杯子　儿孙会再一一斟满　只是
不要说话　不要喊某某的小名　乳名
他也已经年迈　他也已经苍发满头

21

村庄里留守的孩子　是黑的
脸黑　手黑　眼睛也黑
已经半年未见自己狠心的父母
他们去了城里　在城里打工　做苦力
做饭　洗碗　洗盘子　打扫卫生　做糕点
年迈的老人和幼小的孩子　守着河滩上的村庄
村庄则守着空旷的土地　守着平静的河流
守着无语的庄稼　青草和被遗弃的石头
那些去了城里的最终都会零星地回来
他们苍凉的人生　只是临时

滞留在那里　这里才是他们的家
这日渐荒芜的潍河滩　才是他们的家园

22

年年清明　年年的雨水
淋着这土地　淋着那碑文
淋着潍河　淋着河边的新柳
淋着河滩上刚露头的青草
淋着芦苇　淋着那些飞舞的纸钱
淋着一个人低声的祭辞和哭泣
那奔涌的泪水　混合着雨水
有些咸　有些凉　有些酸　有些苦
就像河滩上盛开着的那些打碗花
那些细碎的小小的花瓣
它们睁着幽幽的眼睛　它们大张着
深深的喉咙　像孩子一样地哭

23

一只披黑衣的乌鸦飞过　更多

披着黑衣的乌鸦飞过　它们像黑色的闪电
它们要劈开人们内心的坚壳
让那软弱的　柔弱的一面
圣洁的一面全都勇敢地裸露出来
它们要劈开人们内心的坚冰和大雪
它们要劈开一条通往人间的道路
让你们可以从容地回来
宽阔地回来　带着神的礼物回来
它们要劈开最坚硬的石头
它们要亮出神　藏在巨石中的火焰
它们要用那火焰　温暖人们冰凉的心

24

今夜　一块新的石头将成为碑
而那碑文　依然是旧的　和我们多年来
反复梦见的一样　这块悲悯的石头
和一个人的名字　从此生死相依
是谁找到的这块石头　是谁　把这个人
带离了我们　是谁在这石头上
刻下深深的字迹　如铁钩银划一样清晰　坚定

不可挽回　像从一个人的灵魂和身体里蔓延

而出的迷走神经　失去了肉身和血肉

它独自　在这世间　经风沐雨

所有的悲苦　将慢慢地漫漶　无痕

如冬天的淮河滩上白茫茫的大雪

2016.5.24

载 2017 年第 8 期《山东文学》上半月刊头题